T0178859

La cresta de Ilión

La cresta de Ilión

CRISTINA RIVERA GARZA

LITERATURA RANDOM HOUSE

El papel utilizado para la impresión de este libro ha sido fabricado a partir de madera
procedente de bosques y plantaciones gestionadas con los más altos estándares ambientales,
garantizando una explotación de los recursos sostenible con el medio ambiente y beneficiosa para las personas.

Penguin
Random House
Grupo Editorial

La cresta de Ilión

Primera edición: noviembre, 2018
Primera reimpresión: julio, 2022

D. R. © 2002, Cristina Rivera Garza
C/o Indent Literary Agency
1123 Broadway, Suite 716,
New York, NY 10010
www.indentagency.com

D. R. © 2022, derechos de edición mundiales en lengua castellana:
Penguin Random House Grupo Editorial, S. A. de C. V.
Blvd. Miguel de Cervantes Saavedra núm. 301, 1er piso,
colonia Granada, alcaldía Miguel Hidalgo, C. P. 11520,
Ciudad de México

penguinlibros.com

© Enrique Calderón, por los fragmentos traducidos

ISBN: 978-607-317-311-7

Impreso en México – *Printed in Mexico*

LA CRESTA DE ILIÓN *REVISITED*

Tal vez es del todo esperado que un libro que fue escrito justo en la frontera entre México y Estados Unidos —para ser más precisos aún, entre Tijuana y San Diego— pase su vida cruzando garitas, lenguajes, limítrofes varias. Hace poco más de un año, gracias a la traducción de Sarah Booker, *La cresta de Ilión* se convirtió en *The Iliac Crest*, un título que, publicado por The Feminist Press, dejaba atrás las raíces clásicas de esa ubicación originaria y se afianzaba más en los huesos de los que nació. La cresta ilíaca. Habían pasado unos 15 años de su publicación inicial y, más que nunca y por desgracia, el aumento de la violencia contra los cuerpos de mujeres e inmigrantes no sólo en la línea fronteriza sino en todo el país (y en varios países) hacía que su contenido tuviera incluso mayor sentido ahora.

Las conversaciones que han surgido con sus nuevos lectores en lengua inglesa me han recordado lo mucho que este libro se alimentó de lecturas de ciertas escrituras experimentales de la costa oeste de Estados Unidos, donde ahora, traducido al inglés, parecía no ir hacia un nuevo idioma sino regresar a una lengua en la que fue concebido. Muchas de las alusiones o los guiños a tradiciones escriturales norteamericanas emergieron así con una claridad que, pasados ya todos estos años, no dejó de sorprenderme. ¿Cómo se traduce un libro concebido en inglés pero escrito en español que se tradujo al inglés y ahora regresa al español? Esa es la travesía del libro que ahora se abre poco a poco ante nuestros ojos.

Además de colaborar muy de cerca con Sarah Booker en la traducción al inglés, tuve la oportunidad de añadir entonces, aquí y allá, párrafos, líneas o palabras donde consideré que ayudarían a una nueva audiencia. Todos esos párrafos, todas esas líneas, todas esas palabras que fueron añadidas en el inglés original, ahora forman parte de esta nueva versión en español. Así, esta *cresta de Ilión* es, y no, la misma que, protuberante, se asomó a la vida en el 2002. Viene de regreso de un largo viaje y, como sabemos, cuando tenemos suerte, los viajes nos cambian.

CRISTINA RIVERA GARZA

a lrg

(THE TEXTUAL INTENTION PRESUPPOSES READERS WHO KNOW THE LAN-
GUAGE CONSPIRACY IN OPERATION)... (THAT THE MARK IS NOT IN-ITSELF
BUT IN-RELATION-TO-OTHER-MARKS)... (THAT THE MARK SEEKS THE
SEEKER OF THE SYSTEM BEHIND THE EVENTS)... (THAT MARK INSCRIBES
THE I WHICH IS THE HER IN THE IT WHICH MEANING MOVES THROUGH)

STEVE MCCAFFERY,
Panopticon.

Nota de la autora

He vivido entre México y Estados Unidos la mayor parte de mi vida, dos países marcados por sus rígidas jerarquías de género y por los feminicidios a lo largo de las fronteras posteriores al TLCAN. Quizás ésa sea una de las razones por las cuales me decidí a escribir una novela que profundizara en la naturaleza inestable de las des/identificaciones de género. Elegí la obra de Amparo Dávila, una escritora mexicana de la llamada Generación de Medio Siglo, como centro del enigma de la novela ambientada en una época en la que la desaparición se ha convertido en una plaga.

En este libro las fronteras son una fuerza sutil, pero penetrante. Nací entre Texas y Tamaulipas, y viví entre San Diego y Tijuana cuando escribí *La cresta de Ilión*. Hay preguntas que no se pueden eludir cuando se cruzan fronteras: ¿quién eres?, ¿de dónde vienes?, ¿algo que declarar? La conciencia de las fronteras geopolíticas pronto conduce a preguntas sobre las muchas líneas que cruzamos —o las que no cruzamos, o las que no tenemos permitido cruzar—, mientras seguimos adelante con nuestra vida diaria. Nuestros cuerpos son llaves que abren sólo ciertas puertas. De hecho nuestros cuerpos hablan y nuestros huesos son nuestro último testimonio. ¿Nos traicionarán nuestros huesos?

Mientras que las voces de las mujeres en todo el mundo siguen silenciándose y los que están en el poder aún defienden la irrelevancia de la igualdad de género, los personajes de este libro saben que el género —y lo que se hace en nombre del género— puede ser letal. Cuando la desaparición se convierte en una epidemia, especialmente entre las mujeres, este libro les recuerda a los lectores que siempre queda un rastro: un manuscrito, una huella, una marca, un eco digno de nuestra completa atención y nuestras indagaciones. Cuando las mujeres desaparecen de nuestras fábricas y nuestra historia, de nuestras vidas, tenemos que volver a examinar lo que es normal. La realidad probablemente se ha vuelto inexplicable o impenetrable, y por lo tanto enloquecedora, aun así, cuestionar tales circunstancias es el núcleo de esta novela.

CRISTINA RIVERA GARZA
Houston, Texas, 2017

Invitación primera:

—¿Pero qué hacen los libros dentro de la piscina? —le pregunté sorprendida—. ¿No se mojan?

—Nada les pasa, el agua es su elemento y ahí estarán bastante tiempo hasta que alguien los merezca o se atreva a rescatarlos.

—¿Y por qué no me saca uno?

—¿Por qué no va usted por él? —dijo mirándome de una manera tan burlona que me fue imposible soportar.

—¿Por qué no? —contesté al tiempo en que me zambullía en la psicina.

Amparo Dávila

Ahora, transcurrido ya tanto tiempo, me lo pregunto de la misma manera incrédula. ¿Cómo es posible que alguien como yo haya dejado entrar en su casa a una mujer desconocida en una noche de tormenta?

Dudé en abrir. Por un largo rato me debatí entre cerrar el libro que estaba leyendo o seguir sentado en mi sillón, frente a la chimenea encendida, con actitud de que nada pasaba. Al final, su insistencia me ganó. Abrí la puerta. La observé. Y la dejé entrar.

El clima, ciertamente, había desmejorado mucho y de manera muy rápida en esos días. De repente, sin avisos, el otoño se movió por la costa como por su propia casa. Ahí estaban sus luces largas y exiguas de la mañana, sus templados vientos, los cielos encapotados del atardecer. Y luego llegó el invierno. Y las lluvias del invierno. Uno se acostumbra a todo, es cierto, pero las lluvias del invierno —grises, interminables, sosas— son un bocadillo difícil de digerir. Son el tipo de cosas que ineludiblemente lo llevan a uno a agazaparse dentro de la casa, frente a la chimenea, lleno de aburrimiento. Tal vez por eso le abrí la puerta de mi casa: el tedio.

Pero me engañaría, y trataría de engañarlos a ustedes, no cabe duda, si sólo menciono la tormenta cansina, larguísima, que acompañó su aparición. Recuerdo, sobre todo, sus ojos. Estrellas suspendidas dentro del rostro devastador de un gato. Sus ojos eran enormes, tan vastos que, como si se tratara de espejos, lograban crear un efecto de expansión a su alrededor. Muy pronto tuve la oportunidad de confirmar esta primera intuición: los cuartos crecían bajo su mirada; los pasillos se alargaban; los closets se volvían horizontes infinitos; el vestíbulo estrecho, paradójicamente renuente a la bienvenida, se abrió por completo. Y ésa fue, quiero creer, la segunda razón por la cual la dejé entrar en mi casa: el poder expansivo de su mirada.

Si me detengo ahora todavía estaría mintiendo. En realidad ahí, bajo la tormenta de invierno, rodeado del espacio vacío que sus ojos creaban para mí en ese momento, lo que realmente capturó mi atención fue el hueso derecho de su pelvis que, debido a la manera en que estaba recargada sobre el marco de la puerta y al peso del agua sobre una falda de flores desteñidas, se dejaba ver bajo la camiseta desbastillada y justo sobre el elástico de la pretina. Tardé mucho tiempo en recordar el nombre específico de esa parte del hueso pero, sin duda, la búsqueda se dio inicio en ese instante. La deseé. Los hombres, estoy seguro, me entenderán sin necesidad de otro comentario. A las mujeres les digo que esto sucede con frecuencia y sin patrón estable. También les advierto que esto no se puede producir artificialmente: tanto ustedes como nosotros estamos desarmados cuando se lleva a cabo. Me atrevería a argüir que, de hecho, sólo puede suceder si ambos estamos desarmados pero en esto, como en muchas otras cosas, puedo estar equivocado. La deseé, decía. De inmediato. Ahí estaba el característico golpe en el bajo vientre por si me atrevía a dudarlo. Ahí estaba, también y sobre todo, la imaginación. La imaginé comiendo zarzamoras —los labios carnosos y las yemas de los dedos pintados de guinda—. La imaginé subiendo la escalera lentamente, volviendo apenas la cabeza para ver su propia sombra alargada. La imaginé observando el mar a través de los ventanales, absorta y solitaria como un asta. La imaginé recargada sobre los codos en el espacio derecho de mi cama. Imaginé sus palabras, sus silencios, su manera de fruncir la boca, sus sonrisas, sus carcajadas. Cuando volví a darme cuenta de que se encontraba frente a mí, entera y húmeda, temblando de frío, yo ya sabía todo de ella. Y supongo que ésta fue la tercera razón por la cual abrí la puerta de la casa y, sin dejar la perilla del todo, la invité a pasar.

—Soy Amparo Dávila —mencionó con la mirada puesta, justo como la había imaginado minutos antes, sobre los ventanales. Se aproximó a ellos sin añadir nada más. Colocó su mano derecha entre su frente y el cristal y, cuando finalmente pudo vislumbrar el contorno del océano, suspiró ruidosamente.

Parecía aliviada de algo pesado y amenazador. Daba la impresión de que había encontrado lo que buscaba.

Me hubiera gustado que todo pasara únicamente de esta manera, pero no fue así. Es cierto que ella llegó en una noche de tormenta, interrumpiendo mi lectura y mi descanso. Es cierto, también, que abrí la puerta y que, al entrar, se dirigió al ventanal que da al mar. Y dijo su nombre. Y oí su eco. Pero desde que observé el hueso de la cadera, el que se asomaba bajo el borde desbastillado de la camiseta y sobre la pretina de la falda floreada, ése de cuya denominación no me acordé y tras la cual me aboqué en ese mismo momento, no sentí deseo, sino miedo.

Supongo que los hombres lo saben y no necesito añadir nada más. A las mujeres les digo que esto pasa más frecuentemente de lo que se imaginan: miedo. Ustedes provocan miedo. A veces uno confunde esa caída, esa inmovilidad, esa desarticulación con el deseo. Pero abajo, entre las raíces por donde se trasminan el agua y el oxígeno, en los sustratos más fundamentales del ser, uno siempre está listo para la aparición del miedo. Uno lo acecha. Uno lo invoca y lo rechaza con igual testarudez, con inigualable convicción. Y le pone nombres y, con ellos, inicia historias inverosímiles. Uno dice, por ejemplo, cuando conocí a Amparo Dávila conocí el deseo. Y uno sabe con suma certeza que eso es mentira. Pero lo dice de cualquier manera para ahorrarse el bochorno y la vergüenza. Y lo reafirma luego como si se tratara de la más urgente estrategia de defensa que, a fin de cuentas, se presiente inútil, derrotada de antemano. Pero uno necesita al menos un par de minutos, un respiro, un paréntesis para reacomodar las piezas, la maquinaria secreta, el plan de batalla, la estratagema. Uno espera que la mujer lo crea y que, al hacerlo, se vaya satisfecha a algún otro lugar con su propio horror a cuestas.

Eso esperaba de Amparo Dávila aquella noche de invierno. Y eso fue lo único que se negó a darme. Era obvio que conocía su propio horror. Había algo en su manera de deslizarse hacia la ventana que denotó, de inmediato, tal convicción. Era evidente que estaba al tanto de lo que causaba a su alrededor. Sabía, quiero decir, que yo estaba incómodo y que tal incomodidad no disminuiría con el tiempo. Pero no hacía nada por remediarlo. En lugar de permitirme pronunciar la palabra deseo, o cualquiera de sus acepciones más cotidianas, o en lugar de darme al menos el respiro que necesitaba para escenificar tal deseo frente a ella, la mujer no tuvo piedad alguna. No me dirigió miradas seductoras ni actuó con la fragilidad de las muchachas que aparentan andar en busca de cobijo. No me hizo preguntas personales. No me dio información. Si mi terror no hubiera sido tanto, tal vez habría podido abrir la puerta una vez más para mostrarle el camino de salida. Pero he aquí la confesión con cada una de sus vocales y consonantes: le tuve miedo. Lo repito. Lo reitero. Tan pronto como no me quedó duda alguna de ese hecho vi el paso de una parvada de pelícanos a través del ventanal. Su vuelo me llenó de dudas. ¿A dónde irían a esas horas bajo la tormenta? ¿Por qué volaban juntos? ¿De qué huían?

—No llegué aquí por azar —mencionó entonces sin darme la cara, todavía con el filo de la mano derecha sobre el cristal—. Te conozco de antes.

Cuando se volvió a verme, el espacio vacío alrededor de mi cuerpo se multiplicó otra vez. Estaba casi sordo de lo solo. Estaba perdido.

—Te conozco de cuando eras árbol. De aquellas épocas —dijo.

Soy un hombre al que se le malentiende con frecuencia. Supongo que eso se debe a mi desorden verbal, a la manera casi patológica en que se me olvida mencionar algo fundamental al inicio de mis relatos. Muy seguido cuento cosas asumiendo que el interlocutor conoce algo que, con el tiempo, me doy cuenta que desconoce por completo. No he dicho ahora mismo, por ejemplo, que esa noche de tormenta yo esperaba a otra mujer en casa. Y que esa espera, por lo demás nerviosa, fue en realidad la razón por la cual dejé el libro sobre la mesa y me incorporé con desgano hacia la puerta. Se me olvidó mencionar que la sorpresa de enfrentar el rostro que no esperaba fue tanta que me impidió cualquier razonamiento habitual. Sin esta explicación, ustedes podrían creer que estaba aburrido pero, a la vez y precisamente por esa causa, listo para algo nuevo. En realidad sí estaba aburrido, pero de la vida en general y, más particularmente, del invierno, y a esas alturas sólo estaba listo para recibir, y eso con suma dubitación, a la Traicionada.

Evito mencionar su nombre por consideración, por caballerosidad. Lo evito también porque seguramente su historia conmigo la llena de vergüenza. Si me decido a llamarla la Traicionada no es con el afán de mofa o indiferencia. Lo hago porque éste es un apelativo que ella misma ha utilizado para hacer referencia a su relación conmigo. Yo soy, por supuesto, el Traidor.

De eso íbamos a hablar aquella noche. Para eso habíamos planeado esta reunión: hablaríamos del pasado, recordaríamos todo, y después, finalmente, terminaríamos por aceptar que la vida nos había llevado por diferentes rumbos. Lo de siempre. Por lo que pasan las parejas cuando deciden, en definitiva, olvidarlo todo. Supongo que andábamos en pos de una reconciliación con el universo a esta edad en que uno sabe con certeza que tanto el universo como la reconciliación no pasan de ser ambiciones vacías, mapas virtuales, animales en extinción. Sueños. Pero ambos éramos tercos. Ambos teníamos esa necesidad absurda, acaso religiosa, de trascendernos a nosotros mismos. Tal vez andábamos en busca del perdón. La Traicionada, lo sabía yo, no me lo otorgaría y, por esa causa, yo tampoco lo haría. Nuestra reunión estaba destinada al fracaso y, sabiéndolo como los dos lo sabíamos, insistimos en el encuentro. El nerviosismo con que la esperaba esa noche de tormenta se debía, sobre todo, a lo apabullante que es a veces la resignación. Pero cuando a bien tuvo llegar dos horas después de lo acordado, cuando tocó a la puerta y cruzó el umbral con sus dos maletas de cuero y la gabardina húmeda, la Traicionada se desmayó en el acto. Ni siquiera se dio cuenta de que otra mujer se le había adelantado. Amparo Dávila me ayudó a llevarla a una habitación de la planta alta y, una vez que la tendimos sobre la cama, ella se encargó de desnudarla mientras yo evitaba volver a ver el cuerpo en el que alguna vez encontré algo que ya no recordaba.

—Tiene fiebre —dijo sin necesidad de usar el termómetro—. Démosle penicilina.

—Pero si no sabes qué es lo que tiene —le contesté, alarmado.

Por toda respuesta la Muchacha Remojada se dirigió al baño y abrió el botiquín como si se encontrara en su propia casa, como si ella fuera la especialista en las enfermedades del cuerpo y no yo.

—No hay penicilina —le informé con una parsimonia que me conocía bien.

—De cualquier modo, debe ser la epidemia —masculló mientras colocaba compresas de agua fría sobre la frente de la enferma.

La Traicionada entreabrió los ojos y balbuceó apenas un par de palabras antes de caer en un profundo sueño. Amparo Dávila le tomó el pulso. La observó con una mezcla de dulzura y asco en la mirada.

—Aléjate de ella —le dije desde el marco de la puerta—. Te puedes contagiar.

Se sonrió entonces. Arqueó la ceja derecha. Me auscultó con detenimiento y sin piedad alguna. Luego bajó las escaleras y las subió de nuevo con las maletas de cuero. Las abrió. Extrajo las ropas de la Traicionada cuidadosamente, evitando desdoblarlas, y las acomodó dentro de la cajonera sin voltear a verme.

—La convalecencia será larga —me aseguró cuando hubo terminado—. Si sobrevive —añadió.

Tres días después de su llegada, Amparo había creado una rutina que los dos compartíamos y respetábamos por igual. Tan plácida, tan natural, que cualquiera que no nos conociera se habría podido llevar la impresión de que formábamos un buen matrimonio. A primer vistazo nadie habría sospechado que le seguía el juego porque el miedo no había disminuido en absoluto. Al contrario, seguía creciendo.

Amparo se levantaba temprano, se bañaba y, todavía con el cabello mojado, bajaba a la cocina a preparar café para mí y té para la Traicionada. Cuando ella subía a atender a su paciente, yo bajaba al comedor, encontraba el periódico a un lado del jugo de naranja y de una taza vacía que, de inmediato, llenaba con calma, tratando de detectar el murmullo matutino del mar. Amparo me dejaba iniciar el día a solas, que es la única manera en que un día puede empezar, pero se aparecía con una libreta y un lápiz justo cuando yo terminaba de leer el periódico. Entonces mascullaba algo regularmente insulso sobre el estado de salud de la Traicionada y, sin más, se inclinaba sobre su cuaderno y empezaba a escribir.

—¿De qué se trata? —le pregunté la primera mañana señalando con los ojos la libreta abierta y pensando que, de contestarme, me diría que eran cartas personales, cosas sin importancia.

—De mi desaparición —dijo en voz baja pero firme y luego se volvió a ver el reflejo del sol sobre el manto marino. Después, sin añadir nada más, volvió a concentrarse en las páginas de su cuaderno.

Su respuesta me pareció absurda ciertamente, pero plausible. Es más: ayudaba a explicarlo todo. Sólo un desaparecido podría llegar de la manera en que ella llegó a la orilla del mar. Si se hubiera tratado de Alguien, por ejemplo, la habrían detenido a la entrada de la comunidad de la playa donde el hospital para el que trabajaba me asignó una casa grande y austera sobre el agua. Por Alguien ya habrían hecho llamadas telefónicas. Alguien con datos y con historia me habría preguntado si se podía quedar en mi casa y me habría informado, por lo menos, acerca del número de días, las condiciones de su estancia. Sólo un desaparecido como Amparo, lo comprendí de súbito, podía actuar como si en realidad no existiera porque, he aquí la ausencia de paradoja, no existía en realidad. La mujer, ahora no me cabía la menor duda, era totalmente consciente de su condición. Y lo era a tal grado que su conducta, su manera de caminar y de ver, de interactuar y hasta de callarse, correspondía a reglas del todo ajenas a mí. Desconocía, por ejemplo, el orden de los factores en la relación causa–efecto. No sólo ignoraba que los actos, todos los actos, tienen consecuencias, sino también que las consecuencias proceden de, y nunca preceden a, las causas. Parecía no entender que hay que conocer al anfitrión para llegar a visitar su casa. Amparo, apoyada en la singular lógica del desaparecido, actuaba de manera contraria: llegaba a visitar al anfitrión con el objetivo de conocerlo. Porque eso me dijo la primera noche, justo antes de despedirse de la Traicionada con un beso sobre la frente y de cerrar la puerta de la que en ese momento se convirtió en su recámara.

—Vine a conocerte —dijo y a la mañana siguiente empezó a dirigir la rutina de mi casa.

Gracias a mi trabajo en el hospital municipal yo pasaba poco tiempo en ella. Digo gracias ahora y esto parecería indicar que me gustaba mi trabajo. La verdad es todo lo contrario. Por años había despreciado intensamente los muros altos de esa fortificación que algún burócrata de imaginación malévola decidió colocar a la orilla del mar, justo en uno de los puntos más hermosos de la costa donde altos arrecifes de complicados rasgos angulares le daban refugio a pelícanos, gaviotas y vagabundos. Cuando cruzaba la puerta principal y me internaba poco a poco en aquel marasmo de olores nauseabundos y gritos desmesurados no hacía otra cosa que odiarme a mí mismo. Caminaba lentamente, con la vista sobre la punta de los zapatos que avanzaban por el camino recto que conducía a las oficinas administrativas y, mientras tanto, odiaba mi falta de ambición, esa predisposición casi bovina a conformarme con las cosas, mi obsesiva fascinación con el océano que, sin duda, había determinado con mucho mi decisión de aceptar este trabajo. Cuando finalmente abría la puerta del cuarto húmedo, frío y sin ventana alguna al que pomposamente llamaba mi consultorio, el odio era tanto que sólo pensaba en recetar veneno a los pacientes. No me interesaba curarlos. Actuaba con la firme convicción de que lo mejor que podía hacer era contribuir a su muerte para así ahorrarles el duro trance de una estancia larga en este sitio. Y yo no era el único. Los enfermeros parecían compartir mi secreto resquemor porque manipulaban a los pacientes con esa sosegada, tensa agresión que sólo el odio es capaz de alimentar en los brazos de ciertas gentes. Los administradores, por su parte, lo manifestaban a través de la indiferencia. Se pasaban horas sin hacer otra cosa que bostezar frente a las pantallas de computadoras casi inservibles. Las cocineras lo canalizaban en guisos inmundos, ya sin sabor o ya con demasiadas especias, que luego otras empleadas de mirada turbia servían en platos de estaño. A los guardias no sólo se les veía en los ojos sino también en las armas que portaban con un orgullo malsano entre el pecho y la cintura. Cuando digo que *gracias* a mi trabajo no veía a Amparo mucho tiempo en casa, en realidad estoy diciendo que su rutina doméstica me llenaba de un terror profundo, inconfesable, paralizador. La Desaparecida, lógicamente, no parecía dispuesta a darse cuenta de eso.

—Yo era una gran escritora —me confesó sin que yo se lo preguntara la segunda mañana que pasaba en mi casa.

Había elevado la mirada hacia mí y, luego, en un movimiento abrupto, la había colocado una vez más sobre el ventanal. Así, sin darme la cara, me empezó a contar lo que sabía sobre el proceso de su desaparición.

—No sabía que me odiaban tanto —murmuró y luego guardó silencio como si necesitara respirar a solas para poder darse fuerzas, ánimo, y así continuar—. Pero poco a poco me tuve que dar cuenta. Las máquinas de escribir que utilizaba empezaron a descomponerse. Los lápices a desaparecer de mi escritorio. Y luego estuvo todo ese engorroso asunto de los apagones que sólo afectaban a mi casa. Si supiera cuántas veces me quejé con el Departamento de Recursos Eléctricos y nada. Lo único que me dijeron por mucho tiempo fue que estaban investigando mi caso, que pronto iban a identificar la causa.

—¡Puras mentiras! —la voz se le agitó y, como si eso la molestara, como si estuviera mostrando demasiado y demasiado pronto, se incorporó de la mesa, encendió un cigarrillo y se concentró sobre las aguas azules del océano.

Tardó un tiempo en calmarse. Una vez que se sintió más segura, capaz de hablar con oraciones completas, se sentó y tomó la pluma con la mano derecha. Pensé que volvería de inmediato a su escritura, pero vaciló.

—Y las sospechas de los críticos —dijo con una voz dolida— sembrando la discordia y la desconfianza por todas partes, constantemente. ¿De verdad era capaz de escribir esto o aquello? ¿Era quien yo decía que era? ¿Era una impostora? ¡Todo se volvió demasiado insoportable!

Pensé que había terminado su reclamo. Esperaba que cerrara su cuaderno y se levantara de nuevo para ir hacia el ventanal. Pero continuó, su voz baja, como una pintura que se desvanecía en una casa abandonada.

—Y luego la turba, siempre en busca de sangre, siempre dispuesta a atacar. Gente pequeña y mala. Gente mala y solitaria —me miró, pero veía algo más, un vacío que llenaba de odio y resentimiento—. Sus dientes. Sus cuchillos. Miren, miren esto.

Levantó sus brazos desnudos y señaló algo cerca de su codo derecho que no distinguí bien. Por un momento sentí lástima por ella. Pero una vez más me acordé de quién era y cómo había asumido el control de mi hogar, y mi frustración regresó. Y mi rabia.

No la conocía mucho, no la conocía nada, pero supe instintivamente que ya no saldría de su silencio. Por lo demás, me interesaba muy poco la historia de su desaparición. Y le creía aún menos. Sin despedirme, casi sin voltear a verla, salí de la casa y al abrir la puerta de mi auto pensé en el hospital municipal como un refugio. Nunca se me había ocurrido algo semejante. Manejé aprisa esa mañana. Prendí el radio y, para mi sorpresivo placer, escuché una sonata para violín que a bien tuvo calmarme. Me entretuve observando de reojo los arbustos de colores cenicientos que se extendían al lado derecho de la carretera y las aguas de la playa que casi tocaban los bordes del lado izquierdo de la misma hasta llegar a la puerta principal de la institución. Hospital Municipal. Granja del Buen Reposo. Eso decían los letreros que, ya medio despintados, bordeaban el arco de la entrada aunque ahí difícilmente se administraran medicamentos y casi nadie encontrara reposo, ya fuera malo o bueno. Se trataba en realidad, he de confesarlo, de un establecimiento para enfermos terminales. Los desahuciados. Los desechos. El hospital no era más que un panteón con las tumbas abiertas. Se mantenía gracias a un financiamiento ridículo, casi inexistente, del Gobierno Central. Una especie de limbo a donde llegaban los heridos de muerte que, sin embargo, no podían morir. O no, al menos, todavía. Mi odio, lo comprenderán ahora, no les podía hacer más daño que el que ya traían dentro esos seres, destinados a vivir el resto de su vida insignificante en esa lejana esquina del mundo, la última frontera.

Esa mañana pues, gracias a mi trabajo, pude escapar de la rutina que Amparo ya había creado en mi casa. Y aunque mi logro sólo duraba ocho horas en cinco días de la semana, lo festejé con un orgullo secreto y anónimo. Amparo Dávila, ya había tomado yo la decisión, no me desaparecería. Nunca lo lograría.

La desaparición es una condición contagiosa. Todo mundo lo sabe. Antes se creía que era algo externo, algo impuesto por un agente mucho más poderoso sobre la inocente víctima, usualmente de maneras brutales. Poco a poco, con los avances de la ciencia y de la informática, se ha llegado a saber que para ser un desaparecido se requiere, ante todo, tener contacto previo con uno de ellos. Los mecanismos posteriores del mal varían mucho —mayor o menor grado de violencia, menos o más aislamiento, poco o mucho silencio— pero el elemento común a todos ellos es el contacto. Contacto físico. Piel. Saliva. Tacto. La contaminación física. De ahí que pocos confiesen ese estado y que la desaparición sea algo tan temido. Por esta razón el miedo que me producía Amparo se multiplicó de manera acelerada cuando, casi sin más, casi como si se tratara de algo sin importancia, me confesó que escribía sobre su propia desaparición. Por un par de días anduve pensando en la posibilidad de pedir vacaciones para poder alejarme de ella en esa etapa tan crítica, por temprana, en el proceso de contagio, pero pronto tuve que recapacitar. Recordé que la Traicionada se encontraba también en mi casa, a merced de la ex Escritora, y una sensación de angustia me invadió. Temí por mi examante, sentí una compasión absurda por ella, pero ésa no fue la razón por la cual, al final, decidí quedarme y enfrentar las cosas. Ya lo sabía yo de mucho tiempo atrás: no podía alejarme del mar.

El océano me calma. Su masiva presencia me hace pensar, y creer, que la realidad es bien pequeña. Insulsa. Insignificante. Sin él, el peso de la realidad sería mortal para mí. El océano frente al cual viví por tanto tiempo, en una soledad que la casa de la que me proveyó el hospital me ayudaba a preservar, había salvado mi vida hasta entonces. Pero todo eso, todos esos años de sacrificio, todos esos largos minutos de disciplina y sordo desasosiego ante los que me había resignado con tal de estar junto al mar, empezaron a desmoronarse.

Me gustaría culpar a Amparo Dávila por esto, pero no podría hacerlo sin faltar a mi sentido de honestidad. Supongo que en realidad todo se desató cuando, irracionalmente, acepté reunirme con la Traicionada. Ocurrió cuando, de manera por demás irresponsable, acepté la llamada por cobrar que pasaron a mi teléfono del consultorio y cuando, en pleno delirio, le describí la ruta para llegar por tierra hasta este lugar de la costa. Tal vez Amparo tenía intervenida la línea. Tal vez espiaba a mi examante y, fingiendo que esperaba utilizar el teléfono público desde donde ésta había hecho la llamada, se apostó lo más cercanamente posible a su espalda para así escuchar los datos. Tal vez la Traicionada, que siempre fue tan negligente en cuestión de papeles, escribió la información en hojas tamaño carta que después dejó a la vista de todos. Cualquier opción era posible y, cualquiera que haya sido, funcionó casi a la perfección. Amparo Dávila llegó apenas con unas horas de adelanto para escribir la historia de una desaparición que ella, sin pruebas de por medio, asociaba de manera francamente enfermiza con la Granja del Buen Descanso donde yo trabajaba. Eso me lo dijo la tercera mañana que pasaba en casa.

—Tú me puedes ayudar con esto ¿sabías? —parecía pregunta pero en realidad lo que me estaba lanzando a la cara era una orden.

Me reí porque estaba nervioso y sabía perfectamente lo que ella quería. Un cómplice. Un ayudante. Un confesor.

—¿Cómo? —no alcancé a detener la pregunta detrás de mis dientes por más que lo intenté.

En lugar de apresurarse a responder, Amparo guardó silencio. Sus tácticas siempre fueron muy sofisticadas. Estoy seguro de que sabía que una respuesta rápida resultaría en una fácil negativa o, peor, en una burla inmediata. Su silencio, acompañado del arco sospechoso de su ceja derecha, tuvo el efecto esperado: me urgía saber. Necesitaba su respuesta. Pero, otra vez, en lugar de ceder tan fácilmente se parapetó, y se hizo aún más fuerte, dentro de su silencio. No habló de todo este asunto por días enteros.

Mientras tanto, ella actuaba como si nada pasara en realidad. Su rutina la salvaba y la protegía. Seguía levantándose temprano para preparar té y café. Continuaba subiendo el caliente líquido a la recámara donde la Traicionada empezaba a dar señas de una leve mejoría. Bajaba las escaleras con cuaderno en mano y, con una interacción cada vez más corta y monosilábica, se disponía a continuar con la historia de su desaparición al mismo tiempo que yo salía con rumbo al hospital. Así pasaron esos días nerviosos, llenos de expectación, en los que el invierno se perpetuó a sí mismo.

—¿Cuánto tiempo tienes trabajando en el hospital? —me preguntó sin mucho énfasis un día en que la lluvia transformaba el color de las aguas del océano.

—Veinticinco años —le respondí sin percatarme del riesgo que estaba corriendo.

—¿Y tienen expedientes desde entonces?

Su pregunta me hizo volver la cara y enfrentar el efecto de expansión que se producía en sus ojos. Estaba solo, absolutamente solo y sin voz. En ese momento me di cuenta de que mis sospechas eran adecuadas. Amparo Dávila quería tener acceso a los documentos de mi institución por motivos que desconocía y que, con toda seguridad, ella no compartiría conmigo.

—No lo sé —dije con calma, como si no me hubiera percatado de su juego—. Tendrías que preguntarle al Director.

Ella sonrió como si creyera en realidad lo que le estaba diciendo. Luego volvió a subir las escaleras y a encerrarse, para mi total desconcierto, en la habitación de la Traicionada. Fue así como supe que habían empezado a dormir juntas. Y una vez más, de manera por demás irracional, temí por la suerte de mi examante. Desaparecería también, estuve seguro en ese momento. Luego, casi de inmediato, no pude evitar reírme de mí mismo. Recordé el lugar donde vivía, su aislamiento agreste, la manera en que nos llegaban los víveres en cajas de cartón semanalmente desde las dos ciudades que nos circundaban, la ausencia de correo, el limitado número de teléfonos. Tomé conciencia, tal vez como nunca antes, de que la comunidad que se había formado alrededor de un puñado de moribundos estaba desaparecida. Y desaparecidas nuestras voces, nuestros olores, nuestros deseos. Vivíamos, por decirlo así, a medias. O mejor: vivíamos con un pie dentro de la muerte y otro todavía pisando el terreno de algo parecido solamente de manera remota a la vida. Pocos sabían de nosotros y aún menos se preocupaban por nuestro destino. Iba a ponerme melancólico, a punto estuve, pero me incorporé a observar el mar, su silueta nocturna, su lomo inmenso. Me serví, de entre todos los licores disponibles, una copa de anís y recapacité: nuestra irrealidad, nuestra falta de evidencia, no sólo constituía una cárcel, sino también una forma radical de libertad. ¿Cuántos en las ciudades vecinas podían darse el lujo de posar los ojos ininterrupidamente sobre el animal marino? ¿Cuántos entre todos ellos podían disfrutar esta relajación, este tremendo descanso ocasionado por la carencia de una historia propia, por la falta de una inscripción? ¿Cuántos, entre todos ellos, podían vivir su muerte día tras día, hora tras hora, puntualmente? ¿Cuántos la conocían tan de cerca, saboreándola sin resquemor, aprendiendo poco a poco a no temerla? Iba a ponerme eufórico pero me contuve. Nunca he sido dado a victorias fáciles después de todo. Las respuestas, que sabía ciertamente, que podía ofrecer sin chistar y sin sonrojarme, no le interesaban a nadie. Reí otra vez en silencio y a solas. Abrí la puerta trasera de la casa y bajé los escalones hasta llegar a la playa. Caminé por horas. Perdido. Ensimismado. Preguntándome a cada paso si estaba realmente vivo. Si éstos eran, en realidad, mis huesos.

Empecé a espiarlas al día siguiente. Dejé la puerta de mi cuarto entreabierta para detectar con precisión la hora en que Amparo empezaba la rutina de toda la casa. Se levantaba a las 5:30 de la mañana, salía de puntillas del cuarto de la Traicionada para darse un regaderazo rápido en su propio baño. Una media hora más tarde ya estaba trajinando en la cocina. No sólo preparaba brebajes calientes sino también desayunos suntuosos, de complicados aromas, que llevaba en una charola hasta el cuarto de mi examante. Me di cuenta también de que no la dejaba sola mientras comía y que, incluso, la ayudaba a llevarse la cuchara a la boca cuando se quedaba sin fuerzas. La cercanía entre las dos me molestó. Desde la rendija de la puerta pude observar la delicadeza con la que se trataban, la dulzura con la que se veían la una a la otra. Su mutuo encariñamiento acaecido en unos cuantos días y, además, con una de ellas en estado semiconsciente, me hizo sospechar de toda la situación. Supuse que se conocían de antes y que, aliadas en mi contra, no hacían otra cosa más que planear una venganza femenina. Supuse que la Traicionada había convencido a Amparo de venir con ella hasta esta casa perdida en la costa con la intención de que la ayudara a convencerme a mí de lo poco hombre que había sido con ella. Seguramente, me dije, se trata de una especie de refuerzo moral porque, en las pocas veces que habíamos hablado del asunto, cuando la Traicionada se aferraba a su historia de mi maldad, yo usualmente lograba amainar sus acusaciones con preguntas inesperadas y razonamientos lógicos. Supuse que a Amparo Dávila le gustó el reto. Además de ofrecerle una oportunidad de airar sus rencores contra los hombres en general usando a uno en particular, algo que ninguna mujer deja pasar, el viaje le garantizaba una estancia algo cómoda, y gratis incluso, en la costa. Debió haber sido una especie de mendiga. Una vagabunda o una bohemia. Una de esas indigentes de espíritu libre que ha perdido el contacto con la realidad y sus rituales. Debió de haber pensado que aquí podría escribir sin interrupción alguna acerca de su desaparición con el océano de fondo y el silencio de forma. Y en todo eso, mucho me temo, Amparo Dávila estuvo en lo correcto.

Ese primer día de mi espionaje, sin embargo, traté de calmarme. Salí a caminar por la playa donde me distraje recogiendo fósiles marinos y persiguiendo cangrejos pequeñísimos. El océano, como siempre, me sacó de mi aprehensión. Me recosté sobre la arena y, observando la lenta transformación de unas nubes altas, imaginé el rostro afiebrado de la Traicionada, los ojos expansivos de Amparo. Contra toda expectativa, justamente al contrario de las emociones que me habían llevado hasta la playa, sentí conmiseración por ellas. Ahí estaban las dos, débiles y perdidas, tratando de encontrar en su mutua compañía un remedo de contacto humano. Desaparecidas las dos, aunque cada cual a su manera, daban la impresión de estarse obligando a entrar en un estado de aparición que las volviera reales otra vez, aunque esto sólo ocurriera en el escenario que formaban ellas mismas. Todos esos esfuerzos, todas esas injusticias, todos esos imaginarios dolores que, sin embargo, veía claramente en sus rostros, me hicieron sentir lástima por ambas. Lejos estaba ya de considerarlas mis enemigas patibularias. Me reí de mí mismo incluso. Me dije que el miedo que las mujeres provocan en los hombres era siempre tal que, cuando uno menos lo esperaba, se descubría inventando conspiraciones demenciales que sólo existían, por otra parte, dentro de la mente. Entonces decidí regresar y, mientras caminaba descalzo sobre la arena, me acomodé sin más en un nuevo estado de plena relajación.

Tan pronto como abrí la puerta trasera de la casa, sin embargo, la placidez se transformó en horror. Las oí hablar. Al inicio sólo distinguí los murmullos pero, conforme subí la escalera, descubrí que compartían palabras totalmente desconocidas para mí. No se trataba, además, de algún idioma extranjero. Puse atención. Me senté del otro lado de su puerta entreabierta. Cerré los ojos. Traté de asimilar los sonidos, los ritmos de expresión, buscando similitudes con lenguajes que conocía o que, al menos, había escuchado en mis viajes, pero todo fue inútil. Para mi total desconcierto supe entonces que, en el poco o mucho tiempo que llevaban juntas, se habían hecho de un idioma propio. Me sentí aislado y débil como el exiliado que vive en un país que nunca le resultará familiar. Y tuve que comprender, y aceptar, en ese justo momento, que me había convertido en un apestado en mi propia casa.

Los días posteriores a mi descubrimiento estuvieron llenos de largos silencios. Las espiaba, es cierto, pero les huía al mismo tiempo. No quería darles la más mínima oportunidad de que sintieran, o peor aún, de que me demostraran, su nuevo poder sobre mí.

—Que hablen solas, si quieren —me dije muchas veces mientras manejaba a toda velocidad hacia la granja.

Y ahí me perdía entre pacientes y enfermeras con muy poca conciencia de, o consideración por, mi entorno. En lugar de pensar en la muerte, que era en lo único que acostumbraba pensar dentro y fuera del hospital, ahora pensaba en el equipo de mujeres que había tomado mi casa por asalto de la manera más artera y mejor planeada. Y así, mientras auscultaba ámpulas y administraba morfina, mientras cerraba los párpados de una mujer o tomaba la mano temblorosa de un niño, lo único que me obsesionaba era desentrañar la naturaleza del lenguaje con que lucubraban cosas contra mí.

Mi espionaje continuó. Me levantaba temprano para comprobar lo rigurosa que era la rutina establecida por Amparo. No hubo excepción: estaba en pie a las 5:30 de la mañana.

Ningún día faltó el café o el té. Y cada mañana subía con la charola de alimentos al cuarto de la Traicionada. Ése era el momento que yo aprovechaba para tratar de capturar la estructura interna de su idioma desconocido. Me apostaba del otro lado de la puerta y, con los ojos cerrados, me concentraba como sólo lo había hecho antes, muchos años antes, frente a los libros de anatomía. El sonido de los vocablos era insoportablemente melodioso, casi dulce. Y había una repetición intrigante de la que me di cuenta como al tercer día de mi espionaje. Se trataba de un sonido parecido a la sílaba "glu". La repetían incesantemente y, al hacerlo, parecían replicar el eco de la lluvia, el momento en que una gota de agua cae pesada y definitiva sobre la corteza del mar. De mis espionajes, por otra parte, sólo pude sacar en claro que su idioma no era, como supuse al principio, una copia de ese juego infantil que consiste en incluir la sílaba "fa" entre las sílabas de todas las palabras. Se trataba, en cambio, de un idioma completo, sofisticado, compuesto por largas unidades gramaticales donde se presentía el uso significativo de la repetición. Los sonidos guturales en que se enunciaba le otorgaban el aura de algo lejanamente infantil, de ciertas resonancias redondas. De lo demás —sus reglas internas, sus conjugaciones, sus modos— no llegué a saber gran cosa. Cada que las oía platicar me hundía en una rabia inconmensurable, paralizadora. No podía hacer nada contra su lenguaje. No podía entrar en él.

Supongo que fue casi de inmediato que se me ocurrió administrarle morfina a Amparo Dávila. De las dos, ella me pareció la más débil o, al menos, la más desconocida. Mi idea era que la mujer lo confesaría todo una vez que se encontrara bajo los influjos de la sustancia química. En lugar de contrariarse y guarecerse dentro de un silencio incómodo, ella me diría, por ejemplo, cómo se llevó a cabo el proceso de su desaparición. Me contaría los motivos que la trajeron a este lugar. Me diría desde cuándo conocía a la Traicionada y por qué se le adelantó ese par de horas aquella noche de tormenta. Esperaba que me dijera, sobre todo, cuáles eran las reglas de su lenguaje secreto. Tenía una verdadera curiosidad pero, debo confesarlo, lo que me motivaba era, antes que nada, lo insoportable de la situación. Literalmente, me era imposible seguir viviendo como lo estaba haciendo: arrinconado en mi propia casa, excluido del lenguaje común, solo, sordo.

En un hospital para enfermos terminales donde, más que curar, únicamente queríamos disminuir en lo posible el dolor del cuerpo, la morfina era una sustancia tan común como las monedas. La utilizábamos para todo. Cuando una mujer lloraba, la callábamos con morfina. Si algún hombre arrugaba el rostro, lo alisábamos otra vez con morfina. Morfina le dábamos a los tullidos y a los dementes, a los que hablaban y a los que callaban, a los insoportables y a los que lo soportaban todo, a los que llegaban a morir aquí y a los que eran enviados de otras instituciones por su condición de indeseables. A todos por igual, de manera por demás democrática, les llegaba más temprano que tarde su dosis de morfina. Era la única manera en que tanto ellos como nosotros conservábamos cierta cordura, cierta apariencia de realidad. Y eso era precisamente lo que intentaba rescatar del cerebro afiebrado de Amparo Dávila.

Lo hice una noche muy parecida a la de su llegada. Llovía y, con ese pretexto, encendí la chimenea. Tomé el mismo libro que su llegada interrumpiera en aquella ocasión. Y la esperé. Amparo no tardó en bajar de la habitación, atraída, sin duda, por el color y calor de las llamas. Le ofrecí una copa de anís en cuanto se sentó sobre la alfombra.

—Nunca lo he probado antes —dijo, aceptando el licor.

Supuse, correctamente, que eso facilitaría la ingestión de una morfina líquida pero poderosa que habíamos desarrollado en el instituto. Muy pronto sus ojos brillaron con un fulgor para mí muy conocido. A la cuarta copa de anís se recostó sobre la alfombra, con la cabeza casi a los pies de la chimenea encendida. Extendió los brazos y cerró los ojos. No pude evitar compararla a una imagen divina. Únicamente le faltaba su cruz.

—¿Cómo llegaste hasta aquí? —le pregunté mientras cruzaba la pierna como si en realidad estuviera muy a gusto.

Amparo abrió los ojos y, moviendo imperceptiblemente el rostro hacia mí, me observó con el arco arisco de su ceja derecha.

—No me trajo la casualidad —confesó finalmente, con una severidad que no permitía duda o interrupción alguna—. Estoy aquí porque creo que tú me puedes ayudar.

Cambió de postura pero no se incorporó. De lado, con el antebrazo izquierdo bajo su mejilla y la mano derecha entre sus muslos daba la impresión de un ser fetal. Pensé que el lenguaje de su cuerpo no podía ser más elocuente: su confesión también se encontraba en ese estadío efímero en el cual todo se permanece en estado irrealizable.

—¿Cómo podría ayudarte yo? —volví a preguntar.

Esta vez, justo como lo había calculado, Amparo no contestó de la manera airada que la había obligado a callar en otras ocasiones. Cerró los ojos como si tratara de recordar y, para mi sorpresa, como si tal recuerdo le produjera placer. Luego los abrió y el efecto de expansión se produjo con la puntualidad de relojero. De repente nos encontrábamos en el centro de una explanada inmensa, sin orillas, sin identidad alguna. Los dos nos hacíamos pequeños, tan insignificantes que casi nos era imposible escucharnos. El espacio entre los dos crecía y adelgazaba al mismo tiempo. Tuve que cerrar los ojos para evitar mi propia desaparición en ese medio.

—A mí —me dijo con toda seriedad —me desapareció una conspiración.

El rayo que en ese momento iluminó la salita me pareció tan achacoso y tan manido como la confesión que escuchaba de sus labios.

—Estoy segura de que el hombre que los comandaba —continuó con la copa de anís sobre los labios— vino a morir a tu hospital. No lo hizo por gusto. Anduvo de institución en institución hasta que no quedó otra alternativa que mandarlo para acá —terminó su trago y, extendiendo la copa hacia mí, pidió más sin enunciar palabra alguna.

Yo esperaba que, a causa de la morfina, su discurso fuera más locuaz, menos estructurado, pero conforme hablaba en esa voz melódica y baja me di cuenta de que mi plan era un rotundo fracaso. Resultaba obvio que Amparo Dávila estaba habituada a la ingestión de morfina y, excepto por la placidez del momento, la sustancia no le provocaría el estado mental que usualmente lleva a la confesión atropellada, a la impremeditada revelación, o al acceso de llanto. Lejos de romper barrera alguna, la mujer se acomodaba detrás de sus propios muros con tranquilidad, con incalculable astucia. De repente pensé que se parecía mucho al edificio del hospital.

—Tal vez tú recuerdas su caso aunque pasó, en realidad, hace muchos años —hizo una de esas pausas suyas a las que ya me estaba acostumbrando y retomó el discurso después de degustar otro trago de anís—. Creo que el hombre intentó organizar a los desahuciados contra las autoridades de la institución y que, al no lograrlo, se aventó a los arrecifes donde murió pero no de manera inmediata —volvió a detenerse, respiró hondo y entornó los ojos—. Una especie de nuevo Prometeo, si entiendes lo que quiero decir —concluyó.

Luego se volvió a ver la chimenea. Tenía los brazos alrededor de las piernas cruzadas y la cabeza recargada sobre las rodillas. Daba la impresión de ser una mujer muy joven, muy espiritual, muy desprotegida. Iba a empezar a sentir compasión por ella cuando el miedo, el miedo puntual y riguroso de siempre, me contuvo en silencio. Amparo, era obvio, había venido con intenciones de usarme y eso, como es lo justo, despertó mi asco y mi irritación.

—¿Y dices que yo te puedo ayudar?

—Si él es quien busco, si éste fue el último sitio que habitó, entonces aquí debe estar el manuscrito que me robó.

No pude evitar la carcajada. ¡Un manuscrito! No era posible que Amparo Dávila, la pobre mujer que llegó a mi casa con la ropa remojada mostrando ese hueso cuyo nombre todavía seguía olvidando, anduviera en búsqueda de un miserable manuscrito. Me parecía mentira que hubiera tomado autobuses y, cuando se terminó la carretera abierta, que caminara kilómetros enteros bajo una lluvia torrencial sólo para tratar de encontrar un manuscrito que había perdido, además, muchos años atrás. Me parecía mentira que después, ya estando en mi casa, hubiera esperado tantos días con esa paciencia extraña, entera, cinéfila. Porque de ser cierto lo que decía, el caso del que ella me hablaba había ocurrido durante mi primera época en el hospital. Unos dos o tres años después de mi llegada. Lo recordaba perfectamente por la misma imagen que ella mencionó: un nuevo Prometeo, esa especie. El hombre, efectivamente, había tratado de organizar a los pacientes terminales contra nosotros. Su energía no conocía límites. Hablaba con todos, con los medio muertos y con los a punto de morir, tratando de persuadirlos de que unirse a su movimiento era algo no sólo adecuado sino además urgente. Los conminaba a morir con dignidad, a exigir un trato justo, a demandar por lo menos un ataúd, a abolir la fosa común. Y lo hacía, además, a través de discursos conmovedores donde se colaban muchas palabras esdrújulas mientras los desahuciados apenas si podían cerrar los ojos llenos de impaciencia y de horror. Les urgía morir. Vivían presos de esa emergencia. El Hombre Arrebatado les obstaculizaba su tarea por el sólo hecho de hablar, por el hecho de dirigirles la palabra como si todavía hubiera algo humano en ellos. Y por eso lo odiaban aún más de lo que nos odiaban a todos nosotros, quienes con crueldad pero honestamente les prodigábamos el trato de muertos. Al final habían sido ellos y no nosotros quienes lo persiguieron hasta el borde del abismo. Los tullidos, los purulentos, los sin brazos o sin cabello, los estériles, todos los demás se levantaron de sus catres, que eran en realidad sus tumbas temporales, para obligarlo a saltar. No lo soportaban. No podían aguantarlo un día más. El Hombre Arrebatado, porque así lo denominamos los que trabajábamos ahí, no tuvo alternativa. Saltó. Saltó sin volver la vista atrás. Con lentitud, a la vista de todos, atravesado por materias puntiagudas y sólidas en los arrecifes, el hombre murió después. Mucho después.

—Pensé —dije luego de que se me pasó la risa—. Pensé que se trataba de algo en verdad importante. La pérdida de un manuscrito no es evidencia alguna de una desaparición, mucho menos de una provocada por una conspiración.

Su historia, que no esperaba ciertamente, tuvo la virtud de ponerme de buen humor y, por eso, en lugar de escucharla, serví más anís sin acordarme siquiera de que esta mujer hablaba con mi examante en un idioma que sólo les pertenecía a las dos.

—Se trataba de un manuscrito muy especial —me contradijo en el acto—. Estoy segura de que ahí se fueron los códigos de mi memoria, de mis palabras. De todas mis palabras —le costaba trabajo hablar ahora—. No he vuelto a escribir desde entonces.

—Pero si yo te veo escribir a diario, Amparo —mencioné sin poder evitar una vez más otra carcajada bien nutrida.

—Oh, no —dijo—. Eso no es escribir.

—¿Entonces qué es?

—Eso sólo es recordar.

Tal vez fue sólo curiosidad lo que me llevó a revisar los archivos del hospital. Tal vez fue algo más. Imposible saberlo a ciencia cierta. Lo único que sé con absoluta certeza es que, poco después de mi fallido plan con la morfina, dejé a los pacientes terminales un rato y me dirigí a la oficina donde burócratas sin entrenamiento alguno, de los que habían aceptado este empleo porque venía con un buen salario y casa frente al mar, se dedicaban a organizar en estricto pero desconocido orden los expedientes de todos y cada uno de los pacientes que pasaban por nuestro establecimiento. Evité hablar con los hombres porque su estatura de menor rango los volvía resentidos y, luego entonces, mezquinos; y me concentré en entablar conversación con las dos mujeres que cuidaban de nuestros documentos históricos. Porque eran mujeres, su rango menor, claramente inferior comparado con el mío, no les provocaba resentimiento alguno sino, por el contrario, secretos deseos arribistas que, a veces, se mezclaban con extrañas urgencias sexuales. Estaba seguro de que no dudarían en concederme el favor que les estaba pidiendo: dejarme entrar en uno de los cuartos del gran archivo para buscar el expediente de un hombre cuyo nombre desconocía. Las dos mujeres que portaban armazones pasados de moda y colores estridentes en los labios se miraron entre ellas, sonrieron con oscura complicidad y, al final, como si se tratara de un simple juego, me comunicaron su decisión:

—Lo dejamos pasar, doctor, pero a cambio de otro favor —las dos se sonreían y agachaban los hombros al mismo tiempo, dos cosas que les daba el aire de urracas malignas.

—Será un placer —les contesté, con modales que nunca nadie utilizaba dentro del hospital.

—Necesitamos ir a la Ciudad del Norte —dijo una de ellas con la mirada baja, consciente de la gravedad del favor que pedía—. Y como usted es de los pocos que tienen auto, pensamos que tal vez...

—¿Cuándo? —la interrumpí, dándole a entender que lo haría y, al mismo tiempo, que su favor me resultaba muy molesto.

—La semana que viene. El domingo. En la noche.

Lo pensé por un rato. Calculé el riesgo. Evalué mi propio deseo. Cerré los ojos. Arrojé una moneda imaginaria al aire y, al tomarla entre las manos, descubrí la respuesta correcta.

—Pasaré por ustedes a las siete; espérenme en el patio trasero de su casa —dije, dándome cuenta en ese momento de que sabía más de ellas de lo que suponía.

Sabía, por ejemplo, que vivían juntas en uno de los trece departamentos que el instituto asignaba a trabajadores administrativos. Sabía que eran dadas a promover chismes y rumores y, por eso, decidí evitar los lugares públicos para nuestro encuentro. A ellas no les molestó la idea. Cobijado por sus sonrisas malsanas, abrí entonces la media puerta de sus oficinas y me interné en los cuartos oscuros, repletos de estantes, donde se guardaban los expedientes de los moribundos. Me tomó cuatro días dar con el que buscaba.

Se trataba, en efecto, de un documento muy viejo. La numeración en la parte superior derecha de la carátula indicaba claramente que venía de la primera etapa del establecimiento, aquella en la que los que trabajábamos aquí todavía creíamos que cumplíamos una función importante y humanitaria en la comunidad. Nunca fui un idealista pero debo confesar que en aquellos años, y estoy hablando en realidad de muchos, yo todavía guardaba la ilusión de que mi trabajo ayudara a otros a enfrentar su tránsito hacia la muerte de maneras menos mecánicas, menos dolorosas. Si hasta los elefantes tenían sus propios lugares de descanso, me resultaba fácil creer que los desheredados, los parias, los huérfanos, los migrantes que cruzaban la frontera amurallada para vender sus brazos y sus piernas y sus pulmones, merecían una suerte mejor, un tránsito menos solo. Muy pronto comprendí que eso no sería posible; no, al menos, en este instituto. Aquí llegaban los casos perdidos y, en lugar de perderlos mejor, lo que hacíamos era olvidarnos de ellos. Los inyectábamos, les administrábamos suero, les dábamos morfina, a veces alguna enfermera creativa hasta se daba tiempo de limpiar heces, pero sólo en raras ocasiones los mirábamos a los ojos y, aún menos, nos atrevíamos a tocarlos. Yo recordaba al Hombre Arrebatado precisamente porque fue uno de los pocos internos que me atreví a ver de frente.

Se trataba de un hombre corpulento, de grandes ojos color café y barba rala. Cuando llegó, me impresionó su aparente estado de salud. Temí que se tratara de un caso mental, usualmente los más largos y los más insoportables de sobrellevar. Fue sólo un par de días después que comprendí que su condición era política. No lo podían mantener en la cárcel por temor a que alguna comisión humanitaria diera con él y pusiera a funcionar el sistema a su favor. Evitaron mandarlo a un instituto de salud mental no sólo porque era obvio que su razonamiento funcionaba de manera inmejorable, sino también porque temían lo que podía causar en un ambiente de mentes inestables. Habían intentado internarlo en un hospital general en el centro de la Ciudad del Sur, pero la negligencia de las autoridades y la relajada vigilancia pronto le dieron más de una oportunidad para escapar, cosa que hizo un par de veces. Finalmente a algún otro burócrata trasnochado se le ocurrió mandarlo hasta el fin del mundo, hasta esta orilla donde se terminaba el país y donde no alcanzaba a empezar el próximo. Así fue como finalmente lo transportaron en un carro especial protegido por cuatro guardaespaldas hasta la orilla del mar.

Se llamaba Juan Escutia. Había vivido en un barrio central de la Ciudad del Sur por muchos años.

Había tenido también varios oficios, desde panadero hasta policía, pero el título oficial que se anotó en su expediente fue el de periodista. Los miembros de su familia habían ido falleciendo poco a poco en los dos años previos a su internamiento, lo que permitía clasificarlo como huérfano y admitirlo en calidad de libre e indigente. Se le asignó uno de los cincuenta camastros que se encontraban en el único pabellón del establecimiento que tenía una ventana que daba al mar. Poco a poco, a través de peleas y chantajes, Juan Escutia ganó el derecho de acostarse en el camastro más cercano a la ventana sin saber que, meses después, esa posición le facilitaría a sus enemigos su propia ejecución. Lo recordé claramente en ese momento: Juan Escutia había roto los vidrios con ayuda de un mazo y, una vez completada la destrucción, dio el salto en el vacío de sí mismo. Nunca nadie en el instituto había escuchado reírse de tal manera a los moribundos. Lo hicieron nutridamente, cruelmente, como si se tratara todavía de seres vivos. Daba la impresión de que, al igual que Juan Escutia lo hacía allá abajo en los arrecifes, los desahuciados intentaban colgarse aunque fuera un poco más de las estacas de la vida. La risa colectiva, sin embargo, duró poco. De hecho, se acabó mucho antes de que Juan Escutia lograra morir. El Prometeo moderno. El nuevo Prometeo.

Leí su historia con interés y algo de melancolía.

¡Hacía tanto tiempo de todo eso! Al igual que él, yo había llegado al establecimiento con ganas de cambiarlo y, tal vez justamente como él, yo había roto la ventana y había saltado hacia el abismo. La única diferencia es que yo todavía seguía muriendo. ¿Estaba usando mis propios huesos? La conciencia de mi estado me provocó náusea y una rabia tan soterrada y violenta que tuve que salir de la habitación. Lo hice de manera abrupta y me perdí entre los estantes olorosos a moho y a tiempo perdido. Pronto, mi desorientación y mi ira hicieron caos en mi interior. Debo haberme desmayado. No supe quién me encontró sobre el piso, aunque sospeché de una de las Urracas que me habían chantajeado. Cuando desperté yacía en una de las camas del instituto; de hecho, estaba en la mejor de todas, la más cercana al único ventanal que daba al mar. La coincidencia me llenó de terror y, luego, de suspicacia. Estuve seguro de que en realidad no se trataba de coincidencia alguna. Estuve seguro de que una de las Urracas, o tal vez las dos, me habían delatado al administrador principal. Era bien sabido, después de todo, que estaba prohibido husmear en los archivos sin autorización oficial. Todos estábamos al tanto de las penalidades en caso de una violación semejante: aislamiento completo en uno de los cubos diseñados para moribundos violentos. Recapacité entonces. Si me encontraba en el mejor camastro del instituto, eso quería decir que no me habían descubierto. Lo único que me faltaba averiguar ahora era cómo había llegado hasta allí. En esto, sin embargo, todo mundo fue muy hermético. En lugar de contestarme me administraban morfina y me dejaban en paz, como al resto de los pacientes del pabellón selecto.

Cuando me sentí mejor, un par de días después, regresé con nuevos bríos al archivo. Iba a casa sólo para asearme y comer algo a toda prisa antes de regresar al instituto de nueva cuenta. Las Invasoras andaban tan enfrascadas en sus propios experimentos con su lenguaje privado que, de hecho, casi ni se dieron cuenta de mi ausencia de dos días. Decidieron ignorar mi cambio de rutina. Por mi parte, me descubrí contento, casi locuaz, con una nueva euforia. Tenía años enteros sin esa energía nerviosa que me impulsaba a actuar, a resistir, a continuar. Fue así, en ese preciso estado mental, que conseguí dar con el manuscrito perdido de Amparo Dávila.

Amparo se me acercó una noche sigilosamente. Trajo la botella de anís y, después de servir el licor en dos copas diminutas, se recostó frente a la chimenea encendida. Platicamos nimiedades hasta que, haciendo una pausa, se me quedó mirando.

—¿Sabes? —mencionó como a la distraída—. Yo sé tu secreto.

Como se había hecho una costumbre en nuestras pocas conversaciones, su comentario me obligó a soltar una carcajada corta pero rotunda. Lo hice no sólo porque la mujer decía saber mi secreto sino, sobre todo, y de manera por demás escandalosa, porque presumía que sólo se trataba de uno.

—¿Ah sí? —pregunté a mi vez, seguramente con las mejillas encendidas por el calor de la chimenea, el licor y su absurdo comentario.

—Sí —aseveró.

Luego se arrastró de manera gatuna sobre la alfombra, moviendo los hombros lenta, sensualmente, hasta que llegó al descansabrazos derecho de mi sillón. Una vez ahí, se montó en él, de nuevo como una gata, y me acarició la oreja. Acercó sus labios olorosos a anís a mi rostro y dijo:

—Yo sé que tú eres mujer —sonrió cuando por fin guardó silencio y, sin más, regresó a su puesto frente a la chimenea.

Me abstuve de toda reacción. La observé, totalmente estupefacto. Paralizado. Incrédulo. Revisé mentalmente todas y cada una de las páginas de su manuscrito perdido y deduje que ésta era, sin lugar a dudas, su venganza. No supe cómo se había enterado de mi hallazgo y, luego, de mi absurdo silencio, pero estuve seguro en ese momento de que ya estaba al tanto de todo.

Entonces se apareció la Traicionada en la salita de lectura. Traía un camisón largo de color azul marino, los cabellos sueltos, las mejillas sonrojadas. Era obvio que se sentía bien, que su estado había mejorado radicalmente. Iba a decirle algo, pero la parálisis provocada por el comentario de Amparo no me dejó esbozar palabra alguna. Así, inmóvil y mudo, observé el acercamiento entre las dos. Un imán frente a otro. Un imán junto al otro. Había esa clase de naturalidad en la manera en que quedaron entrelazadas frente a la chimenea encendida.

—¿Ya se lo dijiste? —le preguntó la Traicionada en voz alta observándome al mismo tiempo con el rabillo de su ojo izquierdo.

La otra asintió con la cabeza.

—Ya veo —dijo mi examante y, como si se hubiera quitado un gran peso de encima, tendió su cabeza sobre el regazo iluminado de Amparo.

Mi relación con las mujeres siempre fue problemática. Algunos se preguntarán de inmediato por el tipo de interacción que tuve con mi madre. Temo que los decepcionaré porque, por más que he buscado historias significativas al respecto, no he logrado dar con ninguna. Mi madre no fue una mujer perfecta, pero nada en la manera mesurada y cuidadosa con la que me trató desde niño dejó marcas traumáticas en mi vida. Cuando murió, hace apenas unos cuantos años, tuvimos tiempo de despedirnos en la cama del hospital general donde me tomó de la mano y me miró con los ojos abiertos y compasivos. Le dolía dejarme vivo, dejarme solo, pero ya no podía hacer nada para cambiar nuestro destino. A los que se pregunten por mis relaciones con novias, amantes de paso, esposas y demás, les digo que mejor les evito el trance aburridísimo y algo amargo. Excepto por la historia de la Traicionada, todas las demás fueron digeridas con puntualidad y con puntualidad olvidadas. En esto, una vez más, soy como cualquiera. Pero, porque nunca la digerí, y porque la información sobre mi cambio genérico se originó con ella, creo que es adecuado develar mi versión de los hechos con la mujer que a bien tuvo el denominarse a sí misma siempre en clara y estrecha relación conmigo.

La Traicionada. ¡Qué palabra tan larga! ¡Qué inmensa la humillación que inflige tanto a víctima como a victimario!

La mujer que después se puso como nombre la Traicionada solía ser hermosa en jueves. Ese día, el rubor y el carmín de labios refulgían con especial brillo sobre su rostro. Sus ojos atolondrados se abrían con una secreta inteligencia. Su ropa caía mejor sobre su cuerpo. Había, sin duda, un romance secreto entre ella y los jueves, el único día de la semana en que nos veíamos. Y lo hicimos por mucho tiempo, con disciplina, a ritmos constantes, con gusto incluso. Al cabo de los meses tanto conocidos como desconocidos supieron que la Mujer del Jueves había ido conquistando poco a poco, pero irremediablemente, los otros días de la semana. De los jueves se derramó hacia los miércoles y los viernes; más tarde llegó a los sábados y los lunes; los domingos le costaron más trabajo pero, antes de dos años, ya los pasaba conmigo también.

Entonces vivía en la Ciudad del Sur, estudiaba medicina, y juraba que mi misión en la vida era curar enfermos. Eso emocionaba mucho a la Mujer del Jueves que, entre lisonjera y honesta, admiraba mi convicción, mi energía y, sobre todo, el amor que le profesaba a ella misma. Mi amor, por cierto, era real. Antes de que se convirtiera en la Mujer de Todos los Días, es decir, cuando todavía era únicamente la Mujer del Jueves, yo la amaba de maneras para mí desconocidas. La imaginaba, sobre todo. La imaginaba en todo instante. La imaginaba incluso cuando estaba frente a mí. No conozco, hasta el momento, mejor definición del amor. Todo eso sufrió una radical transformación cuando su afán imperialista la llevó a dominar los otros días. Algo extraño, algo inexplicable, algo silencioso aconteció entre los dos. Y precisamente en ese paréntesis, dentro de esa rareza inexplicable, llegó uno de esos días que uno resentirá durante todos los otros días de su vida.

Seguramente ella dirá que todo fue resultado de mi egoísmo, de mi irresponsabilidad, de mi poca hombría, de mi insensatez, de mi calculado deseo de venganza. Ella dirá eso y más, y supongo, aún ahora después de tantos años, que estaría en su derecho de hacerlo. Pero al inicio, en las primeras horas que todavía recuerdo como luminosas en ese día crucial, sólo tuve mucho gusto de estar vivo. Me levanté aprisa y salí a caminar por las callejuelas de la ciudad sureña sin comer nada, dispuesto a respirar y a mover las piernas. Un par de horas después me detuve en un café al aire libre y pedí mi acostumbrado capuchino. Y ahí, mientras acercaba la taza a mis labios, todavía titubeando porque presentía que el líquido estaba muy caliente, se apareció ella. La Traidora. La mujer. No era una desconocida, sino una de esas examantes que uno deja de ver sin saber a ciencia cierta por qué y que uno no deja de desear cuando se le vuelve a encontrar al paso de los años.

La Traidora se sentó a mi mesa con una sonrisa en los labios. Fumó cigarrillos. Coqueteó con descaro y, en menos de media hora, logró que me olvidara de mi habitual cita de los jueves. Ésa fue la complicidad que tejió conmigo. Cuando se preparaba para irse, ya cuando se colocaba su bolsa de piel en la espalda, tuve la urgencia de detenerla.

—Tal vez no te vuelva a ver en muchos años —le dije con un miedo súbito, desesperanzador.

—Sí —me contestó ella todavía sonriendo, sin conciencia alguna de los terrenos que estaba pisando.

—Y seguramente tendrás hijos que no serán míos —mi comentario le hizo soltar una carcajada no de ironía sino de aparente deseo.

—Seguramente —aseveró conmigo.

El sol del mediodía estaba en el cenit. Bajo su vertical influjo, cercado por el calor seco de su presencia, me dejé llevar. Me dejé llevar radicalmente.

—Ven conmigo —le dije mientras la tomaba de la mano y la llevaba sin añadir nada más hasta la orilla de canal que atravesaba la ciudad—. No te voy a dejar ir.

Ella abrió los ojos. Luego los cerró. Entre una cosa y otra, coloqué una de mis manos en la base de su nuca y la atraje a mí. Hay besos, los más pocos, los más inconfesables, que lo obligan a recordar a uno las palabras del Corán. Labios como fuentes. Sus labios, los labios de la Traidora, fueron, en efecto, mi fuente. Los bebí por completo.

La locura que se apoderó de mí aquel mediodía no desapareció pronto. Durante tres años estuve tan dominado por la Traidora y lo que sentía por ella que difícilmente recordaba mi vida anterior, incluyendo a la mujer que pronto se convertiría en la Traicionada. Es cierto que esta última se presentó a mi casa en varias ocasiones con grandes accesos de llanto. Y es cierto que sostuvo conmigo una larga guerra telefónica de la que yo usualmente me liberaba dejando el auricular sobre la repisa. Y es cierto que me amenazó. Y que profirió el nombre de Dios en vano. Y que se humilló, preguntándome qué le había faltado a ella, qué más podía darme ahora. Y que se envalentonó, tirando platos sobre mis pies después de que fallaban el blanco verdadero que era mi cara. Todo eso fue cierto. Pero de todo eso no me vine a enterar sino hasta años después, cuando la Traidora ya se había ido con rumbos por demás desconocidos, porque mientras ella estuvo a mi lado no tuve tiempo, ni energía, ni espacio alguno que no estuviera dedicado entera y absolutamente a su persona.

No me arrepiento.

Y, aun si me arrepintiera ahora, no serviría en realidad de nada.

Huelga decir que la Traicionada se puso feliz cuando se enteró de la desaparición de la Traidora.

—El que la hace, la paga —sentenció con rigurosidad académica siempre que me vio después de esos incidentes.

Era evidente que decirlo la llenaba tanto de placer como de dolor. La Traidora no sólo me había traicionado a mí después de todo, sino que también la había traicionado a ella y, aún más, por partida doble. Ahí estaban los destrozos bajo las suelas de sus zapatos: en los fragmentos puntiagudos y desordenados se reproducían los rostros de los dos. Nuestros jueves. Nuestras horas. Nuestros tactos. Nuestros secretos, testarudos, irrevocables deseos de venganza. Fue por esa y no por otra razón que empezamos a salir juntos una vez más. Y dejó de llamarse la Traicionada por un par de meses, y recuperó su nombre de los jueves. Pero eso, como es de esperarse, no duró mucho. Pronto, más pronto de lo esperado, se convirtió una vez más en la Mujer de Todos los Días de la Semana y, temiendo una nueva traición y, sobre todo, los remordimientos que siempre acompañan a nuevas traiciones, decidí aceptar el trabajo a la orilla del mar. Decidí que era mejor andar entre moribundos y morir poco a poco día tras día, con todos ellos.

La Traicionada se llama en realidad la Traicionada porque nunca tuve a bien avisarle que me iba a la costa.

Y si todo esto era cierto, como estaba seguro de que lo era, no tenía la menor idea de dónde había sacado la historia de que yo era, en realidad, una mujer.

El miedo siempre comienza desde cero porque tiene la virtud, o el defecto según se aprecie, de borrar antecedentes, premisas, historias. Uno siempre lo experimenta por primera vez. Supongo que fue miedo lo que sentí al ver mi rostro frente al espejo del baño al siguiente día. Pocas cosas habían cambiado en realidad: ahí estaban las arrugas que cercaban mis ojos y mis labios, las canas sobre las sienes, mis pupilas verdes. Y, sin embargo, el semblante era totalmente inasible. Tuve que moverme varias veces, y ver a mi reflejo moverse al unísono conmigo, para convencerme de que se trataba del mismo. Toqué mi sexo y, con evidente alivio, comprobé que mi pene y mis testículos seguían en su sitio. Amparo Dávila y la Traicionada me estaban jugando una broma muy pesada. No me cupo duda sobre eso. Con esa seguridad me dirigí al patio trasero de la casa de las Urracas tal como había quedado unos diez días antes.

—Qué a tiempo llega, doctor —dijo una de ellas mientras mostraba un muslo lleno de celulitis al intentar montarse en el asiento trasero de mi *Jeep*.

La otra se acomodó después en el sitio del copiloto. Arranqué en el acto. Ya en el camino les pedí instrucciones para poder llegar al lugar al que iban. Se trataba de un salón de baile al que describieron como céntrico. Cuando tuvimos que detenernos en los retenes militares y me preguntaron qué íbamos a hacer a la Ciudad del Norte les dije, como solía hacerlo, que se trataba de una emergencia. Los oficiales observaron a las Urracas y luego a mí, y no me creyeron, pero se necesitaba mucha determinación y más recursos para contradecir a un empleado del gobierno. Lo que me extrañó, pero olvidé de inmediato, fue que uno de los oficiales armados me cerró el ojo izquierdo antes de estampar nuestro *carnet* de identificación. Y que lo hizo una vez más en el momento de nuestra partida. Pude haberlo demandado por tal falta de respeto, pero mi conciencia en realidad no registró estos actos sino hasta mucho tiempo después.

Las dos horas que nos separaban de la Ciudad del Norte transcurrieron en silencio. No encendí la radio porque quería escuchar la manera en que se difuminaba el ruido de las olas chocando contra los arrecifes a lo lejos. Me concentré, como era mi costumbre en este trayecto, en detectar el adelgazamiento del olor marino frente a mi nariz, un fenómeno que, para completarse en su totalidad, usualmente tomaba entre dieciocho y veinticinco minutos de camino. Después ya todo era tierra y cemento. Después ya todo era la realidad. Y no fue sino hasta entonces que me dieron ganas de comunicarme con mis invitadas. Era obvio que iban de fiesta por las ropas que traían puestas: vestidos de lentejuelas y zapatos de tacón alto.

—Pensé que venían de la Ciudad del Sur —les dije porque tenía curiosidad sobre lo que planeaban hacer en la Ciudad del Norte, un lugar que no se caracterizaba por fiestas animadas o celebraciones amenas.

—Sí, pero tenemos familiares en la del Norte —contestaron casi al unísono—. Un sobrino nuestro se casa, ¿sabe?

Guardaron silencio. Me observaron de reojo. Se observaron entre ellas.

—Nos daría mucho gusto si quisiera acompañarnos —dijeron mientras intentaban vanamente arreglarse las madejas despeinadas de sus melenas negras.

La idea, que al inicio me pareció francamente absurda e irrespetuosa, empezó a gustarme apenas unos kilómetros después. Tenía ya algún tiempo sin visitar ninguna de las dos ciudades y más aún de no asistir a fiestas. Además, ahí estaba otra vez, de manera por demás injustificada, el golpe en el bajo vientre que siempre me ha alertado sobre mis apetitos sexuales. Imaginé a las Urracas desnudas a mi lado: una montándome con energía mientras la otra se abría de piernas sobre mi rostro. Oí sus gemidos. Imaginé a una arrodillada frente a mí, chupándome con gusto y dedicación, y a la otra compitiendo con ella por hacer lo mismo. Imaginé las nalgas redondas de una de ellas, y a mis manos separándolas para introducir poco a poco primero, y con firmeza después, mi pene en su culo fruncido. Oí sus gritos. Observé los músculos de la espalda. Degusté las redondeces de los hombros. El aire nocturno y la velocidad del auto facilitaban los quehaceres de mi imaginación. Pronto tuve deseos, muchos, de tocarme, algo que no podía hacer en el estrecho espacio sin privacía del *Jeep*. Iba a controlarme, a dejarlos pasar como uno deja pasar tantas cosas en la vida, pero recordé las palabras de Amparo Dávila y me llené de rabia. Detuve el auto a un lado de carretera y, con el pretexto de que iba a orinar detrás de un arbusto, me escondí para tocarme y comprobar que todo seguía ahí, en su sitio: mi pene y mis testículos y mi escroto y todas las evidencias que contradecían flagrantemente la aserción de Amparo Dávila. Aprovechando el momento, me masturbé rápidamente y regresé un poco más relajado al auto.

—Iré con ustedes —les informé de inmediato.

Las Urracas sonrieron también y en sus ojillos brillosos aparecieron escenas muy parecidas a las que yo había imaginado apenas unos kilómetros atrás.

La fiesta fue, por lo demás, como cualquier otra. Se llevó a cabo en un salón amplio y sin ventanas, donde se acomodaron unas diecisiete mesas redondas cubiertas por manteles blancos. Hubo licor y alimentos y música para incitar al baile. Las Urracas, al tanto de mi aburrimiento y todavía visiblemente halagadas porque había aceptado su invitación, pronto me llamaron aparte. Yo las seguí consciente de lo que no tardaría en pasar. Fueron al *lobby* del lugar y pidieron la llave de uno de los cuartos en los pisos superiores de la torre. Se desnudaron y, justo como lo había imaginado apenas un par de horas antes, se dispusieron a la gimnasia silenciosa de los sexos opuestos. Las mujeres no eran hermosas pero tampoco horribles. No había, de hecho, nada de particular en ellas. Y aunque ya no era joven, el aislamiento, las comidas frugales y las largas caminatas en la playa habían conservado mi abdomen en buen estado. Mis brazos eran largos y delgados, pero no estaban flácidos. Mis mejores días ya habían pasado, pero no tenían ninguna razón para despreciar mi aspecto físico. Nuestros ejercicios sudorosos, que nos llevaban de una cama a otra, de besos a mordiscos, de gemidos a gritos destemplados, me dejaron absorto en otras cosas. Amparo Dávila, me lo repetí justo cuando mi pene entraba y salía rápidamente del culo de una de ellas, estaba equivocada. Yo no tenía ese secreto. Y entre más repetía la frase, penetraba con mayor fuerza el agujero trasero de la Urraca en turno. Con las dos manos firmemente agarradas alrededor de su cadera la atrapaba cuando el dolor la obligaba a querer alejarse de mí. Empezó a gritar de dolor, pero también de placer. Entonces me retiré de improviso y vi cómo se revolcaba sobre la cama esperando más. Mi aburrimiento, para entonces, era mayúsculo. De lo único que tenía ganas era de regresar al mar, a su calma, a su inmensidad. Fue entonces que una de ellas se me montó en el rostro, mientras la otra maniobró de tal manera que me introdujo algo en el culo. Pensé que se trataba de una vela. El dolor y el placer fueron enormes. Cuando me bañaba ya y ellas retozaban sobre una de las camas, no pude sino agradecerles sinceramente su atisbo de imaginación.

Salí con ganas de caminar un rato en la Ciudad del Norte a la que, en realidad, visitaba poco, pero el vientecillo invernal me obligó a introducirme en uno de esos restaurantes que permanecen abiertos las veinticuatro horas. Había mujeres gordas rodeadas de repletas bolsas de plástico en dos de las mesas. Un par de hombres de rostros ajados y dientes nejos miraban sin parpadear los ventanales iluminados. No me fue difícil imaginarlos en los camastros de mi hospital. Tenían ese rictus, esa actitud de destrozo que anuncia siempre el final. Iba a retirarme cuando una de las meseras me acercó una taza de café que no había pedido. Se lo agradecí porque en ese momento descubrí que verdaderamente se me apetecía algo caliente. Tomé la taza con mis dos manos y me la acerqué a los labios saboreando de antemano la tibieza que se deslizaría dentro de mi cuerpo apenas unos segundos después.

Una lenta, delicada tibieza invadió mi interior por completo. Cerré los ojos. Y no los abrí hasta que el caos me despertó.

Se trataba de una patrulla nocturna a cargo de levantar y encarcelar a los vagabundos y los migrantes que vivían en las calles céntricas. Entraron al restaurante iluminado y, después de pedir el riguroso *carnet* de identificación, comprobaron lo que era evidente: la mayoría de los comensales en ese lugar no tenía la documentación estatal pertinente y no tenía empleo. Un equipo de cuatro oficiales uniformados de azul procedió a subir a los hombres y a las mujeres en la parte posterior de su camioneta para transportarlos después, según fuera el caso, a la cárcel, a alguna institución de beneficencia, a los hospitales o a mi moridero. A su llegada al hospital, podía identificar entre los nuevos a aquel que habían capturado y maltratado de esa manera. A mí ni siquiera se me acercaron pero, cuando intenté atrapar una vez más la sensación de delicada tibieza que había logrado contener en mi interior por al menos un par de segundos, me fue imposible hacerlo. Disgustado, de franco mal humor, salí sin rumbo en mente.

Estoy seguro de que fue la desorientación, el cansancio, mi hastío, todo eso junto lo que me obligó a pararme en un caseta telefónica a eso de las tres de la mañana. Subí los cuellos de mi abrigo tratando de protegerme de las ráfagas del viento gélido y, sin importarme más, tomé el directorio teléfonico que colgaba de una cadena. Lo hojeé sin saber a ciencia cierta qué estaba buscando. Luego, cuando lo encontré, lo supe todo de manera fulminante y clara. Dávila, Amparo. Calle 4-545. Torre D. Ciudad del Sur. 555-66-77.

Una sensación caliente y veloz recorrió mi esófago, y luego el estómago y, más tarde, las venas que llegaban hasta la punta de los dedos de los pies. Pensé, por un momento, que podría tratarse de un sentimiento de alegría. El desbalance químico fue tan fuerte que, de la nada, me surgió un deseo irremediable de fumar. No lo había hecho en mucho tiempo pero ahora el reflejo me parecía automático e ineludible. Regresé al restaurante iluminado y compré una cajetilla de cigarros. Fumando el primero a grandes bocanadas golosas, supe que la buscaría y que no tardaría mucho en dar con ella. Supe con certeza que ésta era la única manera que tenía de vengarme de la Mentirosa Desaparecida que tenía viviendo en casa.

No la busqué de inmediato. En esto mi familiaridad con Amparo Dávila, la Falsa, me ayudó mucho. Ya sabía que una respuesta rápida era tan buena como ninguna respuesta en absoluto. Contrario a mi costumbre, esperé. Estudié el caso. Mientras tanto, comprobé que mis sospechas no eran recientes sino que habían germinado desde el primer día en que hablé con mi extraña huésped. Por ejemplo: se refería a sí misma como una gran escritora y, sin embargo, el hueso de la pelvis, cuyo nombre yo seguía sin recordar, indicaba a las claras que no debía tener más de veinticinco años. A esa edad ningún hombre, y mucho menos mujer alguna, puede clamar que es un gran cualquier cosa. Lo pueden decir, claro está, pero nadie en su sano juicio los tomaría en serio. A esta contradicción se le añadían algunas más. Estaba, por ejemplo, el hecho de que aducía que su desaparición era el resultado de una conspiración liderada por un hombre que había muerto en el mejor pabellón del hospital hacía más o menos veintitrés años. Ella, como lo he dicho, no aparentaba muchos más. Mi cerebro había registrado todas estas paradojas pero, aterrado como vivía entre las dos mujeres que compartían un lenguaje para mí, y para el resto del mundo, totalmente desconocido, las había dejado pasar como deja uno pasar tantas cosas. Además de la indiferencia y el hartazgo, los ejercicios sexuales con las Urracas habían tenido el buen tino de alertar mi inconsciente, el cual fue con toda seguridad el responsable de mi súbito y por demás inexplicable interés en el directorio telefónico. De ahí a detenerme frente al nombre de Amparo Dávila, la Verdadera, no había gran trecho. Lo recorrí de inmediato y sin pestañear.

En términos de mi investigación sobre Amparo Dávila, la Verdadera, avancé rápidamente. Mi destreza en asuntos de investigación, mi disciplina y, entre otras cosas, la gran cantidad de tiempo libre a mi alcance, me ayudó a cercarla de datos. Pronto la mujer desconocida fue adquiriendo linderos, cierta aspiración a la forma.

Compré, por ejemplo, mapas de la Ciudad del Sur y localicé entre todos los barrios el Azul-Azul donde se extendían los condominios de quince pisos en los que se encontraba el departamento de dos recámaras y un baño donde vivía la verdadera Amparo Dávila. Revisé periódicos de épocas anteriores tratando de hallar información sobre sus libros y su vida y, aunque no encontré mucho, leí con gusto algunas reseñas sobre sus colecciones de cuentos y otras más sobre su poesía. Se hablaba ahí de un par de tomos atípicos que, a juzgar por los comentarios, causaron más desconcierto que gusto en el público. Los críticos decían que su prosa era oscura e incluso dudaban de la autenticidad de su escritura. Se hablaba de la maldad, de lo fantástico, de lo ineludible. En esos escritos se le trataba con un ambivalente respeto, con distanciada y misteriosa admiración. Parecía ser que, al menos en lo concerniente a su estatus como una gran escritora, la falsa Amparo Dávila había hablado con la verdad y había tenido razón. No pude evitar fijarme, sin embargo, que la ausencia de datos sobre su persona coincidía con las fechas en que Juan Escutia había estado entre nosotros. Y esto sólo acrecentó mis dudas sobre la realidad de la falsa Amparo Dávila.

Mi dudas, ambivalentes y menudas, pronto se transformaron en puro y entero terror cuando vi por primera vez una de las fotografías de la verdadera escritora. Abrí y cerré los ojos como lo hacen frecuentemente los incrédulos. Tomé el periódico y salí con él al exterior para poder verlo bajo el efecto de la luz natural. Nada cambió. Se trataba de la misma persona. Ahí estaba el arco enjuto de la ceja derecha, los ojos de gato, la mirada capaz de crear millas de distancia a su alrededor, la melena orgánica, la actitud desamparada. En ninguna de las fotografías de la escritora aparecía su cuerpo pero estaba seguro de que, de haberlo hecho, ahí estaría también ese singular hueso de la cadera que sólo emerge, protuberantemente, en mujeres menores de 25 años que no han tenido hijos. Había, además, tatuajes secretos en su mirada: no la ondulación de la sensualidad, sino el grito inerme de una urgencia que no pude más que calificar de sexual. Se trataba de una mujer entera. Una mujer hermosa. Una mujer trágica. Iba a seguir, pero el acento sobre la á me hizo dar un respingo. Me estaba refiriendo a una total desconocida como si se tratara de una amiga de toda la vida. En mi cuarto de siglo de aislamiento en la costa nunca había hecho algo parecido. Supuse que necesitaba un descanso pero mis enzimas, las moléculas de mi cuerpo, los detonantes químicos que le daban razón de ser y de levantarse por la mañana, ya se habían echado a andar por su cuenta. Poco, o nada en realidad, podía hacer yo para detener el proceso.

Hubo días en que mi ensimismamiento fue tanto que llegué a pensar en la posibilidad de preguntarle más datos a mi enigmática huésped. Lo intenté un par de veces incluso, pero tuve que abstenerme porque no había manera de verla sin que estuviera presente la Traicionada.

—Ma glu nemrique pa, glu? —preguntaba la Amparo falsa, entre risas, en la mesa del comedor.

—Oh, glu hiserfui glu trenji fredso glu, glu-glu —contestaba la otra viéndome, como ya era su costumbre, de reojo, mientras se empinaba un vaso de jugo de naranja.

—Glu casenta —decía mirando el mar una vez más—, meli you glu brumino glu trejí cla etri glu, glu?

Sus gestos, sus palabras, su incesante cercanía me producían una humillación sin límite. Encadenadas a la rutina establecida por Amparo y a sabiendas de que yo no entendía nada de lo que se decían entre ellas, las dos se comportaban no como mis huéspedes sino como irrespetuosas y vulgares caseras.

Lo único que les faltaba era detenerme a la entrada de la casa para pedirme la renta. Tal vez porque podía hacer bien poco para luchar contra la constante humillación que me infligían, mi dedicación al tema de la verdadera Amparo Dávila pronto se convirtió en obsesión. Ya no era un interés de investigador, sino una urgencia vital. Ya me había dejado yo de preguntar sobre la verdad, para empezar a explorar el fundamento mismo de lo real. Estaba en pos de algo nuevo; algo que, de alguna manera u otra, cambiaría mi manera de sentir el océano. Ésa era la magnitud de mi tarea. Así la presentía. Y así fui hacia ella.

El sueño debió haber ocurrido por esas fechas. Me había dormido temprano, como ya era mi costumbre, con ese cansancio pesado y sin gracia que acompaña a un día de mucho trabajo y poca imaginación. El sueño tardó en llegar, pero cuando lo hizo me amarró y no me dejó salir sino hasta que se cumplió a sí mismo. Todo ocurría en la casa de mi madre, una antigua construcción de madera de dos pisos que, por más señas, quedaba cerca del mar. Estando yo en la planta baja, oía disparos que cruzaban los ventanales de una de las recámaras de arriba. Pronto el olor a la pólvora recién detonada y a sangre fresca cundió por la casa. En lugar de ir hacia la planta alta para averiguar quién había muerto, salía hacia el patio de atrás sólo para comprobar que, efectivamente, balas potentes habían horadado los ventanales. Cuando regresaba, la casa olía a cloro y a jabón. Mi madre, quien no se había dado cuenta de lo acontecido, se había hecho cargo de la limpieza de todo el lugar. Los problemas legales que tal limpieza implicaba ocuparon mi mente de tal manera que mi miedo y mi azoro desaparecieron. Empezaba a sentirme bien cuando otro tipo de ruidos se trasminó por la puerta trasera de la cocina. Cuando la abrí, tanto mi madre como yo vimos un par de grandes jabalíes negros que arrastraban por el patio a dos caballos moribundos. El tufo de la muerte y los gemidos primitivos que salían de las cuatro bocas animales me sobrecogieron de tal forma que me desperté en el acto.

Estaba resollando y gruesas gotas de sudor cruzaban mi cara y pecho. Pensé que uno nunca es más verdadero que cuando está dentro de sus propias pesadillas y, de inmediato, fui al directorio telefónico y marqué el número de Amparo Dávila, la verdadera. Su rápida respuesta me dio la impresión de que no sólo no la había despertado sino de que la mujer había estado esperando otra llamada, seguramente muy importante, con algo de ansiedad. Su voz fresca, de leves entonaciones que se me antojaron aromáticas, me dejó la impresión de alguien jovial y sin apuros, una de esas raras mujeres que están de buen humor sin importar los acontecimientos del mundo. Todavía medio amodorrado y sin poder salir del todo de mi pesadilla, le pedí una cita.

—¿Por qué? —me preguntó la mujer más con sincero interés que con ironía.

—Porque tengo algo suyo en mi casa —le dije sin en realidad pensarlo.

Después recapacité: aunque lo primero que me había llegado a la cabeza era la imagen de su doble falsa, lo que realmente tenía de ella en casa era el manuscrito que pude rescatar del expediente de Juan Escutia. Aún sin mencionárselo, este recordatorio me hizo sentir un poco más relajado. No estaba, después de todo, mintiendo o engañándola a ultranza.

—Lo espero mañana —susurró entonces—. A las seis.

Y colgó sin despedirse. Supuse que ella estaba al tanto de que, si tenía su número de teléfono, también sabía su dirección. En todo caso, no se molestó en dármela.

De mi primera visita a Amparo Dávila, la Verdadera, recuerdo sobre todo la invasión de los ojos. Había salido de la costa con dos horas de anticipación porque, aunque no iba seguido a la Ciudad del Sur, sabía lo despacio y, a veces, lo bochornoso que era entrar en ella. Había que soportar el tráfico lentísimo frente a las garitas, había que mostrar tarjetas de identificación y sonreír a ultranza, había que demostrar que se era un individuo sensato y productivo y no otro desahuciado más en busca de medicinas baratas y mujeres fáciles. Uno debía comprobar que pertenecía al estado. Para mi sorpresa el proceso no duró más de quince minutos, cosa que me dejó tiempo para manejar un rato por los alrededores y desesperarme ante la tardanza de todas las cosas.

No fue difícil dar con el edificio de condominios donde vivía la mujer a la que buscaba. Estacioné mi *Jeep* a unas dos cuadras de distancia con tal de consumir unos minutos más y evitar, en lo posible, la vergüenza de llegar demasiado temprano a una cita con una desconocida. Me regresé una vez por puro miedo y, lo hice una vez más, porque había dejado sobre el asiento el manuscrito que depositaría en manos de su legítima dueña. Ésa era, después de todo, la excusa que me había dado a mí mismo para llevar a cabo la tontería que estaba haciendo. La tercera vez que regresé a mi auto lo hice con toda la intención de huir. De hecho, el impulso me llevó hasta encender la máquina y meter la reversa. Entonces, mientras miraba lo que se puede mirar a través del espejo retrovisor, recapacité: ya estaba ahí; el asunto me interesaba; no tenía nada que perder. Estos tres elementos me dijeron a su manera que ya había llegado demasiado lejos y que, a esas alturas, no había posibilidad alguna de volver atrás. El complejo habitacional estaba compuesto por cinco torres de unos quince pisos cada una, todas ellas dispuestas alrededor de una alberca de provocativas aguas azules rodeada por palmeras y otras plantas de vistoso follaje verde oscuro, a todas luces inadecuadas tanto para la geografía como para el clima de la Ciudad del Sur. Dos jovencitas yacían sobre tumbonas de plástico, con lentes oscuros sobre los ojos y una loción bronceadora que, al brillar sobre la piel, les daba la apariencia de algo ficticio. Bajo una de las palmeras, sobre una mecedora de madera, se encontraba una mujer mayor cubierta por un caftán de seda color violeta. Las gafas negras no dejaban ver si la vieja leía el libro que mantenía abierto sobre los muslos o si dormitaba, y no me detuve el tiempo suficiente para adivinarlo. Crucé el área común de recreo y me dirigí con una prisa totalmente impremeditada a la torre D. Ahí tomé el elevador hasta el piso número 5. Cuando se abrió la puerta, viré hacia la derecha buscando el número 45 y toqué a su puerta.

—Llega usted a tiempo —dijo la Verdadera apenas apareció en el umbral de la puerta.

Y en ese momento, todavía sin lograr enfocarla bien del todo, de algún lugar remoto dentro de mi cerebro surgieron algunas imágenes de mi vida como árbol. Los ojos de la mujer crearon una estepa vasta a mi alrededor, un espacio en colores ocres donde poco a poco, en la cámara lenta del recuerdo, apareció la semilla y, de ella, emergió el cordón umbilical que, después, le trasminó la savia a mis miembros pequeñísimos. El proceso de gestación se llevó a cabo en el subsuelo pero, más tarde, sin aviso alguno, sin seña de ningún tipo, algo descompuso la regularidad de la tierra. Mi cabeza, el cuello, el torso, las piernas. Mi cuerpo a medias enterrado, a medias en libertad. En mi recuerdo, la inmovilidad de mi condición me llenaba de pesar y, a la vez, de júbilo. Tenía, después de todo, una excusa, una justificación. Nadie tendría por qué saber de qué texturas se componía mi miedo. Y me crecieron las hojas, y mi tallo se volvió rugoso con el tiempo y, de mis ramas, se colgaron las nubes y el sereno. Y hubo pájaros a mi alrededor y otros remedos de algo vivo, tibio, sonoro. El cuadro de mi melancolía. Y así, frente al umbral donde la Verdadera medio aparecía y medio desaparecía, mi vida como árbol me llenó de la más absoluta de las tristezas. Me avergoncé de mi soledad. No supe qué hacer con los remanentes de mi cuerpo, con mi silencio, con la lengua que se me arremolinaba frente a los dientes. Mis propias ruinas. Quiero decir que me eché a llorar, sin más, frente a ella.

Amparo Dávila, la Verdadera, por su parte, parecía acostumbrada a este tipo de sucesos. Esperó. Guardó silencio sin osar aproximarse, viéndome como alguien que trata de explicarse una aparición. Cuando finalmente me recuperé, me tomó del brazo y me llevó en el más lento de los ritmos hacia el interior de su pequeño departamento. Era claro que esa mujer conocía poco de la compasión.

—Disculpe —alcancé a tartamudear.

Ella volvió a verme y sus ojos me hicieron consciente una vez más de la distancia que me rodeaba.

—No se preocupe, uno a veces se pone así, lo sé —dijo, comprensiva. Se trataba de una anciana de brazos frágiles y andar moroso. Era, como la copia que tenía en casa, una mujer de ojos tan enormes que resultaba fácil imaginarla escondida a sí misma dentro de ellos—. Siéntese —invitó con voz menuda, amable, al darse cuenta de que no sabía qué hacer frente a la materialidad del sofá.

Creo que había imaginado una vivienda más llena de cosas, más poblada de historias, más marcada por el tiempo. Pero creo que no me decepcionó ver que el departamento sólo contaba con los muebles indispensables para una existencia austera y que, bordeado por paredes de colores neutrales y sin ornamentación alguna, dentro del inmueble lo verdaderamente importante eran la luz y las corrientes de aire. Había una sensación de *impasse*, de algo detenido no dentro del tiempo sino en algún lugar fuera de él, lejano a su orilla, ajeno a su imperial poder. Ahí, a su lado, dentro de su casa, me sentí como dentro de un paréntesis en una oración escrita en un idioma desconocido.

—Espero que le guste la limonada —mencionó dándome la espalda—, porque no tengo otra cosa en este momento. Con la edad, ya sabrá, resulta cada vez más difícil ir de compras, manejar, salir. Es una lata, una verdadera lata —resollaba y hablaba al mismo tiempo, sin interrupción.

Parecía nerviosa pero también parecía que el nerviosismo era un estado natural en ella. Lo decían sus movimientos levemente sincopados, la manera en que estiraba el lenguaje para agarrarse de él como si eso pudiera evitar una eventual caída, un tropezón, un accidente mortal. A su edad cualquier fractura podía llevarla con facilidad a la muerte.

—Aquí tiene —dijo, colocando un vaso sobre mi regazo.

Luego fue por otro a paso lento hasta la cocina y, ya con él en mano, se sentó frente a mí. Entre una cosa y otra transcurrió una verdadera eternidad. El esfuerzo, además, la dejó agotada, pálida, casi sin respiración. Era una anciana. Una verdadera anciana. Frágil. Quebradiza como una hoja de papel guardada por mucho tiempo en un archivo en malas condiciones. Parecía mentira que estuviera viva.

—¿Y qué la trae por aquí? —preguntó.

Despabilado de inmediato, coloqué el manuscrito sobre la mesa de centro.

—Esto es suyo —dije, carraspeando un poco, sintiéndome vil.

¿Qué derecho tenía yo, después de todo, de traerle estas hojas desde la memoria hasta la memoria? ¿Se acordaría de todo esto? ¿Se acordaría de todo aquello? ¿Tendría importancia? Las preguntas ascendían por mis pies y, luego, por las pantorrillas con el paso ligero pero devastador de un ejército de hormigas. Me arremoliné en el asiento. Esperaba su respuesta como el hombre que teme recibir una bofetada después de haber proferido un piropo tal vez demasiado arriesgado. La Verdadera, sin embargo, miró las hojas desde lejos y no movió ni uno solo de los músculos de su cuerpo.

—¿Cómo lo consiguió?

Me percaté de que sus sospechas habían crecido apresuradamente. En un parpadeo me había convertido en un enemigo potencial, una amenaza, un espía del pasado o del futuro, para el caso daba lo mismo. Quise corregir el malentendido de inmediato, pero no sabía cómo hacerlo. Cerré los ojos. Tomé casi toda mi limonada de un trago. Cuando levanté los párpados ella todavía esperaba mi respuesta con una hostil actitud de recelo. No tenía otra alternativa más que tratar de hablar de lo que conocía, lo cual no era necesariamente la verdad.

—Hace tiempo llegó una mujer a mi casa —empecé a contarle y a carraspear una vez más—, que dice que es Amparo Dávila —en ese momento, para mi total sorpresa, la oí exhalar un suspiro de alivio. El cambio de su gesto fue igual de brutal.

—Ah —dijo—, debe tratarse de una de las Emisarias —comentó como si eso lo explicara todo.

Nuestro cambio de posiciones en el tablero de la conversación fue veloz: ahora yo era el que se llenaba de sospechas. A ella, sin embargo, no pareció importarle. Se sonrió a solas. Inclinó el torso. Tomó un poco de limonada. La luz dorada de la tarde cubrió su cara y la descubrió: una telaraña de arrugas diminutas la cruzaba de palmo a palmo.

—Verá —continuó—, se trata de unas muchachitas encantadoras —y volvió a suspirar con una mezcla de melancolía y de desazón—. Están un poco locas, un poco fuera de sí, pero son encantadoras.

Yo debí haber puesto cara de espanto y de incredulidad combinada, porque la Verdadera alzó los brazos y manoteó al aire con una elegancia que sólo había observado en algunas películas muy antiguas, francamente pasadas de moda.

—No se deje intimidar por ellas —aseveró—. Son inofensivas. Verá. Hace algunos años, cuando se enteraron de mi desaparición, se organizaron entre ellas. Eran las épocas en que a las mujeres jóvenes les gustaba llamarse feministas, ¿se acuerda? —no me dio tiempo de responder—. Pues éstas se lo tomaron en serio y formaron un grupo de emisarias —dudó en continuar, me miró de reojo y, después de un silencio poblado de sospechas, decidió seguir adelante—. De Emisarias del pasado —concluyó.

—¿Y cuál es su misión? —pregunté con una ironía que no podía ocultar.

—Proteger mis palabras, naturalmente —dijo sin pestañear—. Verás, querida, si llegaran a desaparecer, mis jóvenes seguidores no tendrán los medios para describir sus propias experiencias en esta tierra. Como tú, cuando eras árbol.

Creo que ése fue el preciso momento en que no pude más y solté la carcajada más larga de toda mi vida. La historia que estaba oyendo era totalmente ridícula y, además, imposible. A las mujeres nunca les había gustado llamarse feministas que yo supiera y nadie con un poco de racionalidad podría perder el tiempo y las energías formando organizaciones absurdas con el único fin de comunicarse con el pasado para resolver una desaparición que, juzgando por la materialidad rotunda de mi interlocutora, no pasaba de ser una mera alucinación. Por más que quise, no pude dejar de reír. La carcajada se alargaba a sí misma con la misma intensidad con que el pesar me había invadido apenas unos minutos atrás. Pronto me descubrí con lágrimas otra vez en los ojos, pero en esta ocasión ya no eran de dolor, sino de lástima por mí mismo.

—Veo que eres una de las Incrédulas —murmuró la Verdadera cuando se me empezó a pasar el ataque de risa—. No deberías serlo. Necesitamos ciertas palabras para entender lo que somos. Si nos quitan esas palabras, como ha ocurrido, sólo diríamos mentiras.

El tuteo me molestó. Y más lo hizo el darme cuenta de que seguía refiriéndose a mí con el uso del femenino. Supuse que su vista no era muy buena. Y deduje que, seguramente por eso, tenía que abrir los ojos de manera tan exagerada. Cualquiera con vista normal podría darse cuenta de que no tenía senos, ni cintura, ni cabello largo, ni uñas pintadas. Cualquiera con la vista normal se habría fijado en mi vello facial, la cuadratura de mis hombros, la estrechez de mis caderas, el bulto entre las ingles. Cualquiera, quiero decir, excepto Amparo Dávila y su horda de emisarias. Todas estaban ciegas. Fuera de sí, es cierto, y ciegas además. Me harté entonces. Me harté de mí mismo sobre todo. Y me incorporé en el acto con dirección a la puerta.

—Llévale esto a la Pequeña —dijo como a la distraída señalando el manuscrito con la mirada—. A ella le hará más falta que a mí.

—Pero es suyo —dije.

—Quizá, pero ¿sabemos en realidad quién es dueño de las palabras en un libro?

Me pareció el colmo. Tratar a la emisaria que tenía en casa con el apelativo de la Pequeña era ridículo y, además, mañoso. Asumir que la obedecería casi bordeaba en la arrogancia. En ese momento tomé el manuscrito, es cierto, pero con la clara intención de conservarlo. Nunca llegaría a las manos de mi huésped. De eso me encargaría yo. Lo leería, me enteraría de todo lo que habría de enterarme, y luego lo volvería a esconder sin decirle nada a nadie, sin comunicar ninguna verdad o develar misterio alguno. Ésa sería mi venganza. De esa manera quedaría a mano con la imposición brutal, injusta, cruel de mi huésped. Iba a alejarme de ahí sin despedirme, y lo hubiera hecho sin contemplación alguna, pero cuando le iba a dar vuelta a la perilla de la puerta me di cuenta de que tenía llave. Ésa fue la única razón por la que me detuve y me volví a verla. Un aura de dudosa procedencia empañaba para entonces la mirada de Amparo Dávila, la Verdadera. Estuve seguro de que se burlaba de mí en sus adentros.

—Ven aquí —dijo, mostrándome la llave.

Y fui hacia ella porque no tenía otra alternativa. Cuando estuve a su lado, cuando me incliné frente a su cuerpo empequeñecido sobre el sofá, posó su mano huesuda en mi antebrazo izquierdo. Una garra. Un animal de rapiña. Su respiración olía a moho y a anís. Las caries de sus dientes me confirmaron una vez más que la mujer era real. Que el tiempo pasa. Esa boca cavernosa se aproximó a mi oreja.

—Todas sabemos tu secreto —susurró entonces—. No te preocupes, pero tampoco trates de engañarnos.

Tomé la llave sin voltear a verla y la introduje en la ranura. Me di la vuelta para aventarla sobre el sillón y salí corriendo sin molestarme en cerrar la puerta tras de mí. Los espejos del elevador me devolvieron la imagen estable de mi rostro y eso me calmó un poco. Cuando crucé el área de recreo, volví a observar a la vieja de la mecedora. Me chistó al pasar y me volví hacia ella cuando se quitaba las gafas: entonces pude ver la cuenca vacía de sus ojos. El descubrimiento me llenó de terror. La cosa pegajosa de la que no me había podido librar en el departamento minimalista de la Verdadera ahora se ceñía a mi alrededor como una telaraña. Creo que me inmovilicé una vez más. Recordé mi vida como árbol y la posibilidad de quedarme tieso, paralítico para siempre, sólo me hizo correr más aprisa, sin dirección. Estaba tan embotado con la visión de la anciana que casi caí en la alberca. Me detuve a tiempo. Y entonces los vi. Ahí estaban, en el fondo, aguardándome. Un enjambre de ojos azules, perfectos, me miraba fijamente, elípticamente, desde debajo del agua. Y entonces retrocedí. Retrocedí.

Retrocedí.

Uno necesita el mar para esto: para dejar de creer en la realidad. Para hacerse preguntas imposibles. Para no saber. Para dejar de saber. Para embriagarse de olor. Para cerrar los ojos. Para dejar de creer en la realidad.

El guardia del hospital se apareció un lunes por la mañana en mi casa. Cuando oí el toquido sobre la puerta me llené de aprehensión pensando que se trataría de alguna otra Emisaria o, peor aún, de otra mujer a la que también hubiera traicionado en mi vida anterior. Por eso, cuando abrí la puerta y observé su uniforme verde olivo y sus ojillos de rata, en lugar de albergar zozobra o sospecha alguna, sólo atiné a sentir alivio, una sensación que guardias del mundo en general no están acostumbrados a provocar antes de las nueve de la mañana. Del alivio, sin embargo, pronto pasé a la incredulidad y, luego, casi de inmediato, a la exasperación.

—No es nada personal, doctor, pero de verdad tiene que acompañarme —repitió varias veces antes de que yo acabara por comprender que en realidad estaba preparado para llevarme a las oficinas administrativas del hospital aún en contra de mi voluntad.

Amparo Dávila, la Falsa, se limitó a verme con los ojos inmóviles cuando finalmente accedí a seguirlo hasta la camioneta militar que esperaba a unos cuantos metros de la casa. La Traicionada se asomó por las ventanas de la segunda planta y, como estatua milenaria, se limitó a verme partir sin expresión alguna en el rostro. Yo, aún sin una idea precisa de las acusaciones que se habían generado en mi contra, ya sospechaba que todo se debía a mi cercanía absurda con ambas Amparos, tanto la Verdadera como la Falsa. Aunque, ya sentado en el asiento posterior del vehículo, me pregunté si todo esto no sería obra de la Traicionada y la sed de venganza que nunca había logrado saciar del todo. La vista marina que se desplegaba al lado izquierdo de la carretera, sin embargo, me regaló el vacío mental que aún ahora tiendo a asociar tanto con la calma.

Tal como lo esperaba, tan pronto como llegamos a la Granja, el guardia me dirigió hacia la oficina del administrador principal, un hombre de mediana edad y cabellos ralos a quien raramente veía y con el que sólo había hablado en un par de ocasiones desde su nombramiento ocurrido unos tres años atrás. Sabía que se trataba de un hombre culto, de gustos refinados, porque había escuchado en más de una ocasión la música que se trasminaba bajo la puerta de su oficina y, porque en una de las dos veces que nos habíamos comunicado, tuvo a bien ofrecerme un whisky cuyo sabor me hizo salivar nada más de recordarlo. Así entonces, lo que lo aislaba en una torre de marfil personal dentro de la institución no sólo era su puesto de Director General sino también, y sobre todo, sus gustos, sus modales, su caballerosidad. Pocos nos comportábamos de esa manera viviendo, como vivíamos, entre muertos. Entre moribundos.

—Siento mucho haberlo hecho venir de esta manera —dijo a manera de saludo, con una sonrisa educada en los labios—, pero son las indicaciones de mi manual.

Elevó un pequeño libro frente a sus ojos y, ahora con una mueca irónica, lo tiró de nueva cuenta sobre su escritorio. Apenas se retiró el gendarme, el Director General me ofreció el whisky que mis glándulas salivales ya estaban esperando con ansiedad. Lo acepté sin juzgarlo, sin preguntarme siquiera qué hacía exactamente yo en la sala del Director a punto de tomar whisky a una hora tan temprana.

—Me dicen que ha usted estado indagando el pasado de ciertos pacientes, doctor —dijo el Director como preámbulo a su perorata al mismo tiempo que ponía entre mis manos el vaso del licor que no me dejaba experimentar otra cosa que no fuera la anticipación de su sabor, textura, olor.

Sin ponerle atención, transportado a lugares mejores gracias al aroma del whisky, guardé silencio.

—Tal vez estos informes sean equivocados —ofreció con benevolencia—, en cuyo caso lo adecuado sería pedirle una disculpa por este enfadoso atropello.

El primer trago lo entretuve sobre la lengua por varios segundos que se me antojaron llenos de minutos y más minutos multiplicados en un solo punto del tiempo. Un cáncer en expansión. Luego, lo dejé deslizarse poco a poco por el esófago, sintiendo con inigualable placer la manera morosa en que se colgaba de mis órganos antes de caer, gota a goza destemplada, en el centro mismo del estómago. Un leve calorcillo me invadió de manera contraria a la caída del licor y, sin verlas, supe que mis mejillas habían adquirido el leve color rosado de quien se ha ido a otro sitio a causa de un gozo supremo. Todavía desde ese lugar extendí mi brazo dándole a entender que deseaba más. El Director General, confuso pero bien educado a fin de cuentas, se dispuso a llenar mi vaso una vez más.

—Le aseguro, doctor —insistió— que si estos reportes resultan infundados se castigará a los responsables con todo el peso de la ley. Usted sabe lo cuidadosos que siempre hemos sido en materia de información, especialmente la relacionada con cualquiera de nuestros pacientes.

El segundo vaso de whisky me produjo la misma sensación de placer pero a una escala menor. Esta vez había logrado escuchar el comentario de mi interrogador. Me di cuenta de que tenía que tomar una decisión inmediatamente. Podía, por supuesto, negar cualquier cargo, algo que el Director parecía desesperado por hacer. Estaba seguro de que él pararía en alto cualquier investigación y que nadie saldría dañado, ni siquiera "los responsables". Podía decir la verdad, aunque a esas alturas yo sabía cada vez menos acerca de ella. Podía dar mi versión de los hechos o inventar algo. O callar. Supongo que mi respuesta final se debió, sobre todo, a ese estado relajado y exultante en que me puso el licor.

—Se trata de un antiguo paciente, señor Director, de nombre Juan Escutia: un hombre que llegó a hasta nosotros padeciendo de una condición misteriosa que, me veo forzado a compartirlo ahora con usted, parece estarse reproduciendo ahora entre algunos de los moribundos recién admitidos a nuestro establecimiento —dije sin tartamudear, sin dejar de mirarle a los ojos, sin detenerme un solo instante a respirar.

Por toda respuesta, el Director me dio la espalda. Estaba contrariado, lleno de rabia. Tendría que continuar con la averiguación ahora. Tendría que dejar de escuchar su música y mover su botella de whisky a otra habitación. Tendría que aceptar la visita de policías, investigadores, jueces tal vez. Y se sentía traicionado, además. No sabía qué hacer con eso. Tengo la impresión, aún ahora después de tanto tiempo, de que se le salió la palabra "ingratitud" de sus labios en ese momento.

—Usted lo ha querido así, doctor —afirmó al abrir la puerta para que entrara el guardia diminuto y con ojillos de rata que me había traído hasta su oficina—. Llévelo primero a la enfermería, por favor. Allá sabrán qué hacer.

El guardia, visiblemente sorprendido por la orden, no pudo reaccionar por un par de segundos. Una vez que recuperó su sentido de lo real, me tomó del codo y, a paso marcial, me condujo hasta la enfermería. Los encargados, efectivamente, sabrían lo que harían conmigo.

Primero me desnudaron y me embadurnaron el cuerpo con la misma sustancia que usábamos para evitar el contagio de infecciones cutáneas. Luego me colocaron, de manera por demás apresurada y ruda, la bata azul de los pacientes. Un enfermero me señaló el banco de metal donde esperaba verme sentado en el acto. Así lo hice. Obedecí todas las indicaciones sin chistar, sin oponer resistencia alguna. Creo que, justo como le había sucedido al guardia, yo todavía no podía creer la respuesta que le había dado al Director General y, luego entonces, creía todavía menos en las peripecias de mi cuerpo violentamente manipulado y a medio vestir dentro de la enfermería. Así, dentro de la más absoluta de las incredulidades, me quedé viendo fijamente a la pared azul que tenía frente a mí. Las pequeñas grietas que la recorrían de arriba abajo como telarañas me presentaron complicaciones intelectuales para las cuales no encontré palabras.

Pronto perdí la noción del tiempo.

Pronto me di cuenta de que había perdido la noción del tiempo mucho antes.

—¿Hace cuánto que trabaja para nosotros, doctor? —me preguntó una de las jefas de departamento con una carpeta nueva en mano mientras se sentaba sobre otro banco de metal justo frente a mí.

Oí la palabra una y otra vez: tiempo. La repetí. Escuché su eco. Tiempo. Aún dentro de mi estupefacción, aún dentro de los ecos de la palabra tiempo, me pareció por demás interesante el uso de la preposición "para" en lugar de la usual "con".

—Veintiséis años —contesté sin levantar la mirada.

—¿Y cuántos periodos vacacionales ha pedido desde entonces? —continuó.

—Dos —murmuré—. Durante el primer y el quinto año que estuve aquí.

—Ajá —suspiró la administradora. Y me sonrió como si me conociera de toda la vida. Y salió de la habitación sin añadir nada más.

La pared azul volvió a acoger mi mirada.

Un segundo equipo de enfermeras entró después en la habitación. Justo como lo había hecho el primer equipo, éste manipuló mi cuerpo en silencio y de manera rápida, casi brusca, me quitó la bata azul y, después de aventar mi ropa sobre el piso, se fue sin cerrar la puerta. Yo me vestí con una lentitud que no podía asociar con nada y que no respondía tampoco a nada. Afuera, la resolana de la tarde me trajo a la cabeza el color del whisky que había tomado, se me antojaba ahora, siglos antes. En las horas anteriores al mediodía. Y así, bajo la resolana y dentro de los siglos, caminé los siete kilómetros que me separaban de mi casa junto al mar.

La Emisaria y la Traicionada me estaban esperando. De hecho, abrieron la puerta justo antes de que yo colocara la mano sobre la perilla. Su ansiedad me sorprendió.

—¿Te preguntaron sobre Amparo? —me interrogaron las dos al unísono. Era obvio que mi suerte les importaba poco.

—No —les informé parcamente, sin detenerme. Crucé la casa y salí de ella por la puerta trasera.

Tan pronto como estuve sobre la arena me quité los zapatos y me eché a correr hasta que la falta de aire me obligó a detenerme. *¿Qué sé yo de las grandes alas del amor?,* me pregunté como si supiera de qué se trataba mi pregunta. Luego elevé la mirada y me dejé cubrir por el aroma de la noche. Me sentí en paz. Sentí una dulzura inigualable.

La idea empezó a tentarme algunos días después. Al inicio sólo fue una especie de jugueteo, algo así como una abismación. Luego, poco a poco, mis ojos se fueron transformando en invisibles microscopios. Todo lo veía con desmesura, con avidez, con disciplina. Me espiaba a mí mismo en todo momento. Tocarme se convirtió, de hecho, en una manera más de verme sobre el mundo. Estoy aquí, me decía. Soy yo. Y, con la misma morosa asiduidad, espiaba a los otros.

Veía, por ejemplo, la conducta de las enfermeras del hospital y comprobaba, con cierto alivio, debo admitirlo, que su crueldad no se diferenciaba de la mía en nada. No había más o menos cuidado en la manera en que tocaban el codo de algún moribundo. En sus ojos, tal como ocurría en los míos, no se posaba ternura alguna para cambiar la visión de la decadencia de los cuerpos. Igual atención le puse entonces al trajín de las cocineras, esas mujeres rudas y de pueblo en las que tal vez sería más fácil identificar las virtudes femeninas, supuestamente innatas y, luego entonces, naturales. Justo como me sucedió con las enfermeras, sin embargo, no me llevó mucho tiempo constatar que su rudeza y su vulgaridad no eran mayores, ni menores, a las de los guardias. No había gracia alguna, por ejemplo, en la manera en que meneaban sus cuerpos entre las grandes cazuelas donde depositaban, casi sin ver, las especias que le daban ese sabor inclasificable a sus menjurjes. No había entrega, ni sentido de sacrificio alguno, ni asomo siquiera de conmiseración. Esas mujeres eran tan femeninas como el árbol que yo había sido.

Supuse que, hasta entonces, mis observaciones habían sido injustamente influidas por el origen social tanto de las enfermeras como de las empleadas de cocina y por eso puse atención también en las trabajadoras administrativas. No había muchas, es cierto, puesto que el trabajo requería de entrenamientos a los que muchas mujeres no tenían acceso, pero entre las secretarias, archivistas y jefes de departamento yo veía la misma tendencia pasmosa hacia la indiferencia y la mezquindad profesada, con rigor casi militar, por los hombres en rangos similares. Ninguna de ellas mostraba alguna pasión singular por un trabajo que, ciertamente, ofrecía pocas oportunidades de desarrollo. Todas, de hecho, se la pasaban sentadas en sus escritorios, presionando el teclado de sus computadoras a ese ritmo uniforme de los que escriben *memoranda* y reportes. Muchas desplegaban más interés en el *manicure* que en las faltas de ortografía que plagaban sus documentos oficiales. Había, quiero decir, poco que pudiera considerarse como netamente tierno, compasivo, obsequioso en ellas.

Y lo mismo acontecía entre nuestros pacientes. Ante los ojos de la muerte, casi ya dentro de su regazo, había pocas cosas que diferenciaran a moribundas de moribundos. Los de temperamento lacrimoso lloraban por igual independientemente de la forma interna y externa de sus genitales. Sucios todos, desnutridos de la misma manera, desahuciados, sin esperanza ni expectativa, con un mínimo contacto ya con lo que pomposamente se llamaba la realidad, a estos pacientes poco les podía importar si en vida habían sido hombres o mujeres.

—Eso crees tú —me interrumpió Amparo Dávila, la Falsa, cuando a mal tuve comentarles mis descubrimientos—. Porque, que yo sepa, tú no les has preguntado nada.

—¡Pero cómo se te ocurre algo así! —contesté algo airado, arrepentido de haber cedido de manera tan insulsa ante un inesperado arranque de comunicación—. Si esa gente apenas sabe si está viva o muerta.

La Emisaria se alzó de hombros y continuó con la escritura en su cuaderno de gruesas tapas. Era obvio que no le interesaba convencerme. Esta actitud, que en otro momento menos convulsionado de mi vida me hubiera causado algo de alivio, terminó por incendiar mis ánimos. ¿Me consideraba de tan poca importancia, de rango tan inferior, que ni siquiera valía la pena consumir algo de tiempo y energía en persuadirme? Si eso era cierto, como me lo temía, no podía sino considerarlo una afrenta. Supongo que por eso aticé el fuego de nuestra iracunda conversación. Tenía ganas de provocarla. Necesitaba, en otras palabras, validarme ante mí mismo y ante ella.

—Pues, que yo vea, tú tampoco has hecho esas preguntas —sentencié—. Todo lo basas en conjeturas, abstracciones, paradigmas que nunca nadie ha comprobado, teorías sin evidencia, alucinaciones, arranques metafísicos, surrealismos baratos…

Estaba listo para continuar sin pausa alguna, pero la Falsa elevó el rostro y me miró como si se tratara de la primera vez. Guardó silencio. Yo me vi obligado a hacer lo mismo.

—¿Te preocupa tanto de verdad que sepamos tu secreto? —preguntó al final con una sonrisa oblicua, malsana, a la que ya estaba acostumbrado. Mi ira regresó en el acto.

—Todas ustedes son una bola de locas, hasta la Verdadera está de acuerdo conmigo. Están, todas ustedes, fuera de sí mismas —dije al momento que me incorporaba de la mesa y manoteaba al aire. Luego crucé la puerta trasera de la casa y me fui directamente de camino al mar.

Y uno va ahí, como dije, para dejar de saber. Para embriagarse de olor. Para echarse a perder. Pensé ahí que, después de todo, si por alguna casualidad de la desgracia yo era en realidad una mujer, nada cambiaría. No tenía por qué volverme ni más dulce ni más cruel. Y seguí caminando por la playa, pateando piedrecillas, deteniéndome a recoger conchas de cuando en cuando. Ni más serena ni más cercana. Ni más maternal ni más autoritaria. Nada. Todo podría seguir siendo igual. Todo era un burdo espejo de lo mismo. Y las palabras que había tenido ganas de gritarle a la visitante más extraña del mundo se empezaron a acumular dentro de mis oídos. Sus ecos se me confundieron con el ruido de las olas chocando contra los acantilados. La alharaca de los pajarracos. ¿Así que de esto se trataba todo?, me pregunté de repente, como si hubiera podido dar con la respuesta adecuada. No sabía, de hecho, a qué me refería. El silencio bañó mis palabras y, con ellas, las sensaciones que las ponían de pie; tras ellas, las emociones que les daban valor. El silencio me dijo más de mi nueva condición que cualquier discurso de mi Emisaria. Y entonces, sumido en la materia viscosa de las cosas indecibles, retrocedí. Y retrocedí.

Retrocedí.

Supongo que las mujeres han entendido. A los hombres, básteles saber que esto ocurre más frecuentemente de lo que pensamos.

Algo sucede en el mundo cuando uno retrocede. Ese lento trance a través del cual el sujeto se aleja del objeto y se aproxima, de espaldas, hacia el lugar que no se puede ver, siempre tiene consecuencias. No se trata, como lo creí por años enteros, de borrar al mundo y ni siquiera de apartarse de él. Se trata, apenas comenzaba a darme cuenta, de un salto o, mejor, un guiño que parte de la fascinación visible y visual, sólo para adentrarse en la fascinación de lo visual pero invisible. Supongo que a los hombres y mujeres que lo han hecho no tengo por qué explicarles nada al respecto. Supongo que todos ustedes se acuerdan de que, conforme se movían hacia atrás, mientras atravesaban las fronteras de lo real sin apenas darse cuenta, resultaba imposible cerrar los ojos. Por más terror, por más algarabía, por más desazón que se sienta, uno no puede cerrar los ojos. Uno ve. Uno ve vorazmente. Uno no puede dejar de ver.

La ventana que da al mar en el pabellón más selecto del hospital no debe medir más de metro y medio de alto por uno de ancho. Un rectángulo. Me detuve frente a ella una de las muchas mañanas en que realizaba la visita obligatoria a los desahuciados. Me llamó la atención desde que entré en el pabellón que, a diferencia de su usual penumbra, parecía atravesada de luz. La ventana estaba limpísima. De lejos, la claridad mercurial que despedía le daba la extraña apariencia de espejo. Revisé a los pacientes, leí sus historias médicas, receté morfina y otros medicamentos, ordené cambio de ropa o de posición sin poder evitar ver de reojo el reflejo casi plateado, absolutamente abrumador, de la ventana. Tuve a momentos, de hecho, la rara sensación de que me espiaba. Y entonces recordé a Juan Escutia y me pregunté muchas veces —entre cada receta, mientras autorizaba visitas— si ésta había sido la causa. Si todo, para él, había iniciado con la violencia de esta luz.

Los papeles que había seguido revisando a pesar de las amenazas del Director contenían versiones poco claras sobre todo el incidente. Un reporte escrito a mano por algún médico ya jubilado o muerto contaba que "el problemático enfermo Juan Escutia enloqueció súbitamente. Se despojó de su camisa de fuerza y, sin señal alguna de aviso, corrió hasta la ventana, no sin antes detenerse a buscar algo bajo la cama de otro paciente. Cuando encontró el mazo, sonrió como un degenerado y su carrera a la ventana tomó nuevos bríos. Todo esto sucedió de manera tan rápida que todos los que presenciamos tan horrible acto —dos enfermeras, un guardia y yo mismo— no pudimos hacer nada. Tardamos mucho tiempo en reaccionar. Sólo alcanzamos a correr hacia él y la ventana rota cuando, con la misma velocidad con la que había hecho todo desde que se despojó de la camisa de fuerza, se aventó por ella. Prefiero no describir lo que vimos después, aunque lo haré si así lo ordenan. Atentamente".

Su pudor me conmovió. Este hombre, seguramente un médico de mediana edad que aceptó este trabajo con la misma ingenuidad con la que yo lo hice, pensando que su conocimiento ayudaría a otros a bien morir, estaba mentalmente incapacitado para dejar entrar el horror a sus palabras. Y sin embargo, tal como ustedes lo pueden comprobar sin que yo lo mencione, el horror se trasminaba en ellas con una facilidad que ahora me parece pasmosa. Ahí se encontraba, por ejemplo, el eufemismo que encubría la complicidad fundamental y cruel sobre la cual se erigía nuestro establecimiento: llamar a los moribundos, a los agonizantes, a estas criaturas pobres y derrotadas para siempre, pacientes. Todos sabíamos que no lo eran. Todos estábamos al tanto de que nadie salía con vida de aquí. Tratábamos con gente para la cual no habíamos encontrado una categoría lo suficientemente técnica y neutral como para describir, sin cargo de conciencia, nuestra verdad esencial: nosotros tampoco éramos médicos, sino guardianes más o menos eficientes de la muerte; éramos sus alfiles moralistas, sus recónditos peones. Este hecho quedaba muy en claro en la contradicción que abría el documento del pudoroso doctor: no se refería a Juan Escutia como a cualquier paciente, sino como a uno que era "problemático". ¿Quería eso decir que, de entre todos nuestros moribundos resignados, él era el único que todavía luchaba por estar vivo? Y, si esto era cierto, como todo indicaba, ¿fue su muerte una manera de confirmar su alianza con la vida y no con la muerte misma? Y, si esto fuera verdad, y tomando en cuenta que tal alianza lo llevó directamente hacia la muerte, ¿estaría yo diciendo que hay, al menos, dos muertes o, en todo caso, más de una? Las preguntas, que se multiplicaban como células, me mantuvieron pegado a la ventana por mucho tiempo. Inmóvil. Así me encontró después el Director.

No era común que un administrador de su rango paseara por los pabellones y, mucho menos, que lo hiciera para buscar a uno de los médicos. Aun si no hubiera estado totalmente distraído con mis pensamientos, pues su presencia a mi lado me hubiera sorprendido.

—¿Se le apetece un puro? —me preguntó, tomándome del codo como a un inválido.

Yo accedí, no sólo porque no tenía otra alternativa, sino sobre todo porque la idea de degustar un buen puro me sedujo. Imaginé el momento de la aspiración, lenta y firme a la vez, y sentí, luego, el humo merodeando tras los dientes, deslizándose con soltura sobre la lengua, despegándose poco a poco de la saliva. Mientras caminaba a su lado de camino a la salida no pude evitar pensar que realmente soy un hombre al que, aún ahora dentro de este panteón tenebroso, se le seduce fácilmente con cosas de buen gusto. El Director, al contrario de la Traicionada o las otras tantas mujeres que lo intentaron infructuosamente, parecía saberlo bien. Tal vez ésta era su muy personal manera de permanecer fuera del caos de la muerte, una cierta forma de protesta íntima y aislada, pero el perfume discreto que despedía su cuerpo, su exquisita corbata, esa manera de caminar como sobre nubes y la larga mesura de sus movimientos lo sacaban a él, y a quien tuviera la fortuna de estar a su lado, del establecimiento, transportándolos hacia lugares remotos, seguramente creados y destruidos en otro siglo.

—No, no vamos a mi oficina —me informó cuando estuve a punto de cortarle el paso—. Si no le parece mal, caminemos por la playa.

Supuse que éste era el tipo de hombre que habría sacado a la Traicionada de sus casillas por el simple hecho de existir. Hay pocas cosas que molesten más a una mujer decidida y eficaz que un hombre de ademanes parsimoniosos, delicados, que hace gala, además, de su falta de agresividad. También sospeché que mujeres como la Falsa podrían seducirlo sin mayor dificultad. Luego, cuando nuestros zapatos tocaron la arena, me retracté de inmediato. Y pensé que en realidad no tenía la menor idea de quién era Amparo Dávila, cuáles sus gustos, cuántos sus mecanismos de seducción o de rechazo.

—Tengo entendido que tiene visitas en casa —mencionó a la distraída, fijando la mirada en las nubes ralas que apenas si lograban verse en lo alto del cielo.

Acepté su puro, lo encendí con algo de torpeza y, con él en la mano derecha, seguí avanzando por la playa. El día era perfecto: había sol, claridad, aves de hoscos sonidos, espuma blanquísima sobre el lomo de las olas, y cierta tibieza alrededor que hacía presentir la cercanía de la primavera.

—¿Parientes? —insistió cuando, a causa del placentero gozo que me provocaba el puro, no pude contestar a su pregunta.

El humo, efectivamente, merodeaba por mi boca y se deslizaba sobre la lengua. La aspiración había sido tan lenta y firme como lo imaginé apenas unos minutos antes. La caminata y el puro tuvieron el efecto que ansiaba y temía: estaba súbitamente de un buen humor algo locuaz.

—No, cómo cree. Esas mujeres no son parientes mías —dije con una confianza que nuestra relación no fomentaba ni permitía—. Una de ellas llegó a mi casa buscando refugio una noche de tormenta y la otra, bueno, la otra viene de algún lugar incómodo del pasado —aspiré el humo una vez más y, gracias a eso, no me detuve a pensar en lo inadecuado de mi respuesta, lo absurdo de cada uno de mis comentarios.

—¿Refugio? —repitió él—. ¿Está seguro de que sólo buscaba refugio?

Entonces me percaté de que él sabía más de lo yo pensaba. Me volví a verlo con sorprendida suspicacia. Estaba seguro de que no utilizaban cámaras pequeñísimas o potentes telescopios para espiarnos. No sólo el hospital carecía del financiamiento requerido para adquirir este tipo de equipo, sino que también resultaba mucho más simple encargarle la tarea al mensajero que nos llevaba las viandas hasta la casa o al equipo de limpieza que enviaba el establecimiento al inicio de cada estación para mantener las casas en perfecto estado. Supuse que fue por ellos precisamente que el Director se enteró de que había dos mujeres extrañas en mi casa. Pero su pregunta, su aparente inocencia disfrazada de tartamudeo y cordura, me hizo sospechar que él andaba ya tras el manuscrito al que sabía seguro, lejano a todos, en la contrapuerta de mi *Jeep*.

—Tendría que haberla visto con sus propios ojos para creerme o creerle a ella —mencioné con más énfasis del que quería poner en mis palabras—. Es apenas una muchacha. Y temblaba de frío, además, con la ropa húmeda pegada al cuerpo. Ya se imaginará.

—¿Es hermosa entonces? —preguntó volviéndole a dirigir una mirada interrogadora al cielo despejado.

—Mucho —tuve que aceptarlo y decirlo al mismo tiempo.

Y fue justo también en ese instante, entre la orilla de la aceptación y la orilla de la pronunciación, que volví a experimentar el primer atisbo de deseo que había querido asomarse aquella noche tormentosa y que fue, de inmediato, subsumido por algo mayor y más certero: el miedo. Me di cuenta, pues, de que la mujer había logrado permanecer en mi casa sin establecer ningún contacto sexual conmigo. Me desdije una vez más y de nueva cuenta de inmediato: ¿no sería más certero decir, acaso, que la mujer había permanecido en mi casa sin haber logrado establecer ningún contacto sexual conmigo? Como siempre, pero especialmente en estas dos oraciones, el orden sí afectaba el sentido de las palabras. Imaginé, entonces, que tal vez ella habría compartido conmigo el mismo golpe en el bajo vientre que me produjo su aparición en aquella noche de tormenta. Esta visión me llenó de placer, acentuando el que ya sentía a causa del humo que merodeaba el interior de mi boca y me la describía en detalles cada vez más minuciosos en mi imaginación. Entonces apreté el paso y el Director, entre azorado y compungido, lo aguantó conmigo. El viento le removía los cabellos. El esfuerzo le dejó un tinte rojizo sobre las mejillas. La corbata, que ascendía en sentido contrario a su cuerpo, parecía unirlo de manera invisible con algo superior o divino. El cuadro en general me produjo algo que no pude evitar denominar como ternura, aunque en realidad no sabía si la visión me había producido eso u otra cosa.

—¿Le interesaría conocerlas? —dije entre resuellos, observándolo de lado.

Él sonrió discretamente aunque estaba seguro de que tenía ganas de reír a carcajadas y, antes de que se atreviera o se decidiera a contestarme, entornó la mirada como el jugador que delibera, con cierta intensidad, una apuesta algo riesgosa. Su reacción me complació; lo hizo tanto de hecho que volví a aumentar la velocidad de mis pasos y, justo como antes, el Director me siguió de cerca. Me sorprendí, de momento, alegre: estaba listo para participar en una fiesta, o en una orgía, o en un desfile o en una marcha contra la realidad y a favor de todos sus enemigos. En ese estado, dentro de toda la algarabía de ese estado, pensé que le había hecho la pregunta al Director como la persona que, sabiendo que caerá enamorada de un momento a otro, desea convertir el mundo entero en una ofrenda.

—Sí —contestó el Director General finalmente—, me interesa conocerlas. Así podré redactar un informe más detallado y completo —abundó, tratando de disculparse más consigo mismo que conmigo.

Luego bajó la mirada y redujo la velocidad de nuestros pasos por la playa. Fumamos otro rato más, en silencio, inmóviles sobre la arena. Y, por algún lado del cielo azul, se coló esa luz mercurial que me había impresionado tanto unas cuantas horas antes. Recordé a Juan Escutia. Vi al Director de nueva cuenta. Pensé que estaba corriendo un riesgo no sólo caprichoso sino también innecesario. Imaginé las palabras que incluiría en su reporte. Las borré. Aspiré el humo. Lo exhalé con lentitud.

—Usted sabe, estoy seguro, que este tipo de largas estancias no están permitidas —murmuró con una voz baja y avergonzada—. Los costos. La reputación.

Parecía que tenía ganas de continuar con su lista, pero también parecía que estaba harto de tener que hacerlo. No tenía en realidad por qué seguir: el contrato laboral había sido muy claro en este aspecto. Las casas con las que el hospital dotaba a algunos de sus trabajadores, especialmente en el área médica, sólo podían ser habitadas por miembros de la familia del residente principal. Era una cuestión de costos, obviamente, pero también un asunto de moral. Al instituto siempre le interesó promover una cierta imagen de normalidad, algo que resultaba fácil perder en un sitio como en el que trabajábamos. Así entonces, el contrato nunca admitiría que la convivencia entre dos mujeres solas y jóvenes y un médico de mediana edad y, para colmo, soltero, pudiera ser sana o, al menos, regular. Desde todos los puntos de vista la situación que se desarrollaba en mi casa era inaceptable. De todo esto yo estaba al tanto cuando, sin más, dejé entrar a la mujer que, después descubriría, era sólo una copia falsa de otra mujer falsamente callada. Y lo sabía también cuando llegó la Traicionada y, en plena enfermedad, se instaló en una recámara del piso de arriba para pasar una convalecencia que, a decir verdad, era ya bastante sospechosa por lo larga. En efecto, mi falta de reacción, mi no hacer nada, no se debió a la ignorancia o a la simple estupidez. Creo que todo eso no fue más que una manera de protestar contra las reglas y las apariencias de esa normalidad tan celosamente guardada por todos los que convivíamos gracias a, o forzados por, la muerte de tantos otros. Estaba cansado. Después de casi un cuarto de siglo entre muertos por fin me había cansado. Las palabras con las que se acuñaba a sí mismo este descubrimiento me llenaron de energía e intenté salir caminando a toda prisa. Y luego, como si acabara de recordar que estábamos inmóviles, con los pies literalmente clavados entre la arena, supe que no podría moverme. Lo intenté una y otra vez y, en cada ocasión, tuve que contener una nerviosa risa de fracaso. La parvada de pelícanos voló por sobre nuestras cabezas justo cuando el Director y yo soltamos la primera carcajada al unísono. El eco se confundió con el ruido de las olas y con el susurro atroz del viento. *Prefiero no describir lo que vimos después; aunque lo haré si así lo ordenan.* Luego, de manera abrupta, las aves se desvanecieron en algún lugar ignoto del cielo.

La primera vez que un hombre me provocó sensaciones tan íntimas y encontradas había sucedido muchos años atrás. Recordé todo el incidente durante mi regreso a casa. Ocurrió durante los primeros años de la adolescencia, en ese periodo nebuloso en que el *yo* todavía no adquiere los candados de la costumbre o de los significados; esa etapa en el desarrollo humano en que, de hecho, uno se ve forzado a escribir las palabras *yo*, *hombre*, o *sensación*, en itálicas. No se trataba, pues, de un hombre sino de Alguien, así, sin más: Alguien con los rizos rubios cayéndole en cascada sobre la frente; Alguien con la boca ancha y los ojos turbios; Alguien con tiempo de sobra en los bolsillos.

Caminábamos mucho en esas épocas. Las travesías nos llevaban a lugares desconocidos, usualmente en el campo, donde descansábamos bajo las frondas de los árboles en absoluto silencio. Retozábamos como bestias, a nuestras anchas. Leíamos libros. Observábamos las nubes. Identificábamos pájaros con la ayuda de catalejos y un libro ilustrado con fotografías a colores. El tiempo pasaba a nuestro lado con su cansina indiferencia y, nosotros, presos de ese silencio aleccionador y a todas luces relajante, lo dejábamos ir sin prestarle demasiada atención. No sé cuánto duró todo eso. Pero conforme movía los pies uno delante del otro intentando regresar a la casa de la costa, recordé lo difícil que era entonces el regreso. La separación.

Todo empezaba justo antes del inicio. Cuando las sombras se alargaban y los dos presentíamos el final del día y, luego entonces, el principio de esa mujer que es la noche desconocida, el silencio se quebraba en pedazos pequeñísimos. En esos momentos hablábamos sin parar, interrumpiéndonos el uno al otro sin orden, sin dirección y, sobre todo, sin cortesía alguna. Íbamos de un lado a otro con una energía de la que habíamos prescindido sin culpa alguna en las horas anteriores y, dentro de graneros abandonados o detrás de los rugosos troncos de árboles muy viejos, nos dábamos a la tarea de tocarnos. Roces apresurados e intensos; cercanías que, de tanto temerse a sí mismas, olían a sudor y a adrenalina. Todo, sin embargo, volvía a la paz anterior con un beso. Usualmente era sólo eso: un beso. Uno. Labios juntos. Saliva. Tiempo vuelto carne, color. Un beso largo como una expedición. Después, justo después, empezaba la separación. El inicio. Esto. Este caminar como quien lleva grilletes alrededor de los tobillos; esta sensación de cuerpo contra aire en batalla inmemorial; este cansancio; esta desolación. ¿Qué sé yo de las grandes alas del amor? La parvada de pelícanos volvió a aparecer casi sobre mi cabeza, pero muy en lo alto. Me detuve a observarlos por un par de minutos. Silencio. Aire. Tiempo. Imaginé que huían de sus propias alas y, en ese momento, me llevé las yemas de los dedos a los labios tratando de encontrar las huellas de algo que uno presiente lejos en el tiempo. Sí, en efecto, uno retrocede. Y retroceder no sirve de nada.

Trataré de transcribir el diálogo que se llevó a cabo entre el Director General, la Falsa y la Traicionada de la manera más fiel posible. Lo hago sabiendo que, por necesidad, por ineludibles limitaciones humanas, será infiel en el sentido más hondo del término.

El Director General llegó a tiempo, como lo esperaba. Aunque se presentó sin corbata, su cuerpo olía a la loción cálida y varonil con la que usualmente lo detectaba en los pasillos de la mal llamada Granja del Buen Descanso. Sus zapatos perfectamente boleados y sus calcetines de cachemira gris evidenciaban su gusto refinado, pero la camisa de color guinda que había elegido para la tarde me dio a entender que había rasgos de su personalidad, y de sus gustos, que ni siquiera presentía. Trajo, además, una botella de whisky y una maceta de barro donde crecía, solitaria y altiva, una orquídea blanca. Era obvio que no venía a propinar sermones o monsergas. Era obvio que tenía verdaderos deseos de conocer a la Falsa, a quien le había descrito como hermosa y desamparada. Resultaba obvio, pues, que el Director venía en pos de su presa, haciendo gala de sus aptitudes de seductor. Todos lo supimos desde el inicio y todos, aunque cada uno por su parte, decidimos actuar como si en realidad no nos hubiéramos enterado del hecho.

—Bonita vista —dijo el Seductor tan pronto como vio el océano a través del ventanal pero, como de inmediato se volvió a ver a la Falsa, fue en realidad difícil decidir a qué o quién se refería su comentario.

Supongo que mi sonrisa desganada y mi leve movimiento de cabeza le dijeron por mí que, aunque seguiría adelante con la farsa, no iba a poner mucha energía en ello. Una decepción íntima y conocida estaba tomando su habitual lugar dentro de mí con leves movimientos de anciana.

La Traicionada, por su parte, tuvo una respuesta similar a la mía. Cordial, es cierto, pero fundamentalmente hosca, lo saludó de mano, lo abrazó incluso, pero pronto trató de acaparar la atención de nuestra Amparo. Ella, sin embargo, pareció verdaderamente interesada en el huésped desde el primer momento. Mientras la Falsa observaba de frente al Director, la Traicionada y yo no pudimos evitar vernos de soslayo: estábamos otra vez en la misma encrucijada que había marcado nuestras vidas. Debió haber sido esta súbita conciencia lo que la obligó a intentar algo descabellado. Apenas el Director General se sentó en el sillón que usualmente ocupaba yo frente a la chimenea, la Traicionada le ofreció una copa de su whisky y, volviendo el torso, se dirigió a la Falsa en su propio idioma:

—Glu nascenta frame ni glu kuji tyui, na pa glu? —susurró en el tono más dulce y más desesperado que yo le había oído desde que la conocía.

Los tres nos volvimos a verla de inmediato. Alarma. Siglos de silencio a su alrededor. La Falsa no contestó. Una alarma interior empezó a sonar desde algún lugar lejano. Yo, sin posibilidad alguna de elección, también guardé silencio. El Director General se conformó con sonreír sin asomo de extrañeza en la boca.

—Na pa glu? —insistió la Traicionada, enfrentando ahora los ojos de Amparo Dávila. Retándola de hecho.

Entonces me volví a ver el mar porque, como lo he dicho ya hasta el cansancio, su cercanía me calma. Esta vez, sin embargo, no pude dejar de sentir el lento caer de los segundos por del pasadizo estrecho de mi cuerpo. Reloj de arena. Todo adentro dolía. Por razones del todo desconocidas, la humillación que la Falsa le estaba propinando a la Traicionada me ardía dentro del esófago, bajo las uñas, en la unción de todos los huesos. Yo había detestado su mutuo acercamiento, es cierto, lo había soportado más por terror que por deferencia, pero nada me había preparado para esto. No sentí alegría alguna al ver vacilar a la Falsa con tanta determinación. No me dio gusto pensar que su alianza lingüística podría estar llegando a su fin. Al contrario, con el corazón en vilo esperé verídicamente, fielmente, con una plegaria en los labios. Algo iba a pasar. Una decisión estaba por surgir a la luz. Mucho temí que la Traicionada ya no lo soportaría una vez más. Que yo tampoco lo haría.

—Na pa glu? —volvió a repetir con la voz trémula y los ojos repentinamente humedecidos.

—Glu hiserfui glu trenji fredso glu, glu-glu —murmuró entonces el Director General y, justo cuando terminó, los tres se unieron en una carcajada cálida e impremeditada que le dio a nuestra reunión la apariencia de fiesta, de cosa feliz o humana.

Si alguien preguntó cómo era eso posible, cómo había aprendido el idioma privado de las dos, en dónde, en cuántas clases, yo no lo supe. Tal vez lo hicieron de manera rápida y pronto cambiaron de tema. Quizá la alegría de conocer a otro hablante de su lengua fue mayor que su curiosidad. A lo mejor ni siquiera le pidieron una explicación. Cualquiera que haya sido el caso, fui el único que se quedó sin la respuesta. ¡Y tenía tantas preguntas! Me pregunté, por ejemplo, si sólo ciertos hombres de indudable gusto sofisticado podrían tener acceso a ese lenguaje privado. Me pregunté, también, si él habría aprendido el idioma de mis huéspedes con algunas otras huéspedes de la misma naturaleza. Me preguté por qué él, muchas veces, por qué yo no. Su desdén por mi presencia fue tan inmediato, tan firme, tan definitivo que, de un momento a otro, dejé de existir. Entretenidos con su nueva y peculiar conversación, no tuvieron ni el cuidado, ni la decencia de disculparse o, siquiera, de ponerme al tanto de lo que estaba pasando. La barrera que se erigió entre ellos y yo era obvia e invisible al mismo tiempo.

—Hiserfui trenj, da, glu kuji tuyi, glu pa —remarcó la Falsa con un tono de autoridad que a mí me dejó helado y a los otros dos les provocó miradas sospechosamente abiertas.

Supuse que se trataba de una especie de bienvenida oficial, pero aun ahora no puedo estar seguro de eso. Lo que sé, y de cierto, es que la conversación que había empezado atropelladamente, continuó con armonía y animación el resto de la tarde. Las vocales y las complicadas estructuras gramaticales caían con lejanas reminiscencias de agua sobre la sala y, pronto, el sonido me convenció de que afuera llovía, de que en realidad se estaba repitiendo la primera tormenta. Sólo tenía que asomarme por la ventana para constatar que nada de eso era cierto.

Los huéspedes, mientras tanto, se la pasaban bien. La Falsa colocó los bocadillos fríos sobre la mesa de centro y la Traicionada no se cansaba de servir whisky tan pronto como las copas se quedaban a la mitad. Supongo que la embriaguez no tardó más de dos horas en dominar nuestros cuerpos. Se trató de una marea ámbar bajo la cual nada tenía sentido y nada era lo que era. No quiero mentir: luché contra ellos al inicio, intenté interrumpirlos, obligarlos a concederme al menos el privilegio de su mirada, el beneficio de sus propias dudas, pero pronto tuve que darme por vencido. Realmente había dejado de existir para ellos. Ante eso, ante la violencia de la exclusión, yo tenía dos alternativas: podía seguir luchando o podía aceptar la derrota, acomodarme en sus manos, disfrutarla incluso si fuera necesario. Decidí hacer lo último. Y les puse atención.

—Na pa glu, eh? —dijo el Director General con un dejo equívoco, como de chiste mal contado, viendo a la Traicionada y luego, inmediatamente después, a la Falsa en una oscilación que presentí llena de coquetería.

—Da ja, hiserfui tase fra yuji, Juan Escutia, ulio molkiju fra, glu-glu —mencionó la Falsa cambiando el tono de la plática sin preparación alguna.

El nombre de mi enfermo, mi enfermo problemático, me obligó a redoblar mis esfuerzos auditivos. Quería saber. Tenía tantos deseos de saber. Pero no podía hacer otra cosa más que aguzar el oído y adivinar. Tratar de hacerlo al menos.

—¿Juan Escutia? —preguntó el Director General con evidente incredulidad.

Yo quise hacer lo mismo. Quise preguntar con igual o mayor exasperación: ¿Juan Escutia? ¿*Mi* Juan Escutia? Si no lo hice fue porque, para entonces ya me había quedado muy claro que no tenía caso alguno hacerlo. No me oirían. Nadie repararía en mí.

—Da —continuó la Falsa bajando la vista—, oliuj tuji fra glu-glu-glu —guardó silencio por un momento. Se volvió a ver el mar con los ojos súbitamente ensombrecidos—. Fra juik olneder Amparo Dávila.

El silencio que invadió la habitación parecía el mismo de antes pero era, en realidad, absolutamente nuevo. Había algo de terror en él; algo de callejón sin salida en su aliento. Imaginé que la Falsa había logrado su cometido que era, sin lugar a dudas, lograr que el Director General apoyara a su organización de Emisarias del Pasado. Pensé que no iría tan lejos como para aceptarlo dentro de sus filas (que yo supiera, sólo aceptaban a mujeres), pero sí lo suficiente como para dejarse ayudar por él. La Falsa, después de todo, me lo había insinuado en más de una ocasión. Necesitaba llegar a los archivos y comprobar si el manuscrito de Amparo Dávila, la Verdadera, se encontraba en su expediente. Yo no le había servido de nada en ese aspecto y ahora, visiblemente victoriosa, aprovechaba a la perfección la visita del Seductor. Lo vi por mucho rato. Lo observé con la minuciosidad que a veces da la imaginación romántica. Descifré tics. Clasifiqué ciertos patrones de conducta. Al cabo de la tarde sabía ya, por ejemplo, que el Seductor tenía la costumbre de sonreír antes de decir la palabra "hiserfui", como si de esta manera pudiera borrar el eco de su amenaza, cierta puntiaguda vocación de peligro o maldición. Supe, asimismo, que se tocaba por lo regular el lóbulo derecho con las yemas de los dedos de la mano izquierda antes de entrar en el placer de un nuevo trago o antes de depositar una nueva mirada sutil sobre el hueso de la pelvis de la Falsa. Supe que la deseaba como yo lo había hecho pero que, a diferencia mía, el Seductor no conocía el miedo. O no, al menos, todavía.

Yo estaba al tanto de las intenciones de la Falsa, pero no las entendía. Sabía, por ejemplo, que andaba tras el manuscrito de la Verdadera, pero no tenía la menor idea de para qué lo quería. ¿Esperaba regresárselo como yo lo había hecho apenas unas semanas atrás? ¿Quería leerlo y transcribirlo y guardarlo a su vez? ¿Tenía la intención de chantajearla con eso? ¿Pensaba que así lo obligaría a escribir otra vez? En todo caso, antes de lo previsto, sentí una lástima enorme por el Director General. Seguramente él creía que pronto tendría la oportunidad de tocar el hueso innombrable. Tal vez hasta estaba convencido de que la Falsa acabaría disfrutando su música o sus puros o su cuerpo. Entre sonrisa y sonrisa pude darme cuenta de que el Seductor no estaba preparado para nada; que, si esto era posible, él sabía todavía menos que yo. Él, lo decidí en ese instante, no entendía absolutamente nada.

—Crafok na blopi juter bremino, pa? Glu-glu —dijo en un momento la Falsa.

Luego, sin más, depositó un beso sobre la mejilla izquierda del Seductor y se dio la vuelta. Mientras subía la escalera yo esperaba que, tal como la había imaginado aquella primera noche de tormenta, volviera apenas el torso para poder observar su propia sombra alargada sobre los escalones. Aguardé el momento con la respiración contenida. Cuando lo hizo, cuando la Falsa efectivamente se detuvo sobre el penúltimo escalón y viró el torso con una elegancia aún mayor a la que yo había presentido, pude exhalar con gusto, con inigualable satisfacción. Ése fue mi único momento de triunfo de toda la sesión.

Sin la Falsa entre ellos, la Traicionada y el Seductor pronto perdieron interés en la plática. Apenas unos minutos después de su desaparición, el Director General se levantó del sillón y se despidió.

—Juter Bremino Amparo Dávila —dijo con sumo cuidado mientras colocaba la palma de su mano derecha sobre el hombro de la Traicionada—. Da. Hiserfui glu. Glu-Glu —añadió antes de dar la serie de pasos que lo llevarían a través de la puerta, fuera de mi casa, de lleno hacia el exterior.

Cuando la Traicionada cerró la puerta tras de sí, la sorprendí tarareando una canción infantil. Parecía feliz y ligera. Iba a subir los escalones pero, en el último momento, cambió de opinión. Regresó a la sala y fue directamente hacia el ventanal. Observó el océano con una actitud que le desconocía. Si no hubiera sido ella, habría jurado que se trataba de ternura. Pero se trataba de ella. Y seguramente no era ternura. Luego, como si acabara de darse cuenta de que yo estaba ahí, sentado sobre el piso a los pies de la chimenea, me sonrió.

—Na pa glu? —me preguntó—. Hiserfui bremino juty gluricol. Glu-glu!

Se inclinó sobre mí y besó una de mis mejillas. Luego, todavía ceñida de ligereza y algarabía, tomó la botella de whisky y se fue, ahora sí, rumbo a las escaleras. Parecía haber perdido años y peso a lo largo de la tarde. Era, todo parecía indicarlo ahora, una adolescente otra vez, casi una niña. Y, aunque fuera por unos segundos, me sentí contento por ella.

Cuando me quedé solo tuve que enfrentar lo recién acontecido. Afortunadamente, aprovechando mi artera e impuesta invisibilidad, había tomado copiosas notas. Las leí. Traté de encontrarles sentido y, para ello, combiné la letra escrita con mis recuerdos de los gestos, los tonos de voz, el movimiento de los cuerpos, ciertos rictus. Me tomó mucho rato llegar a la siguiente conclusión: la Falsa había logrado crear una nueva alianza con el Director General y él, dispuesto como aparentemente estaba a ayudarla en todo lo que se le ofreciera, pronto iría al archivo, hablaría con las Urracas, y se daría cuenta de que el manuscrito que tanto obsesionaba al objeto de su deseo no se encontraba ahí. Fin de la historia. Nada más. Me incorporé de mi lugar a los pies de la chimenea entonces. Coloqué la mano derecha sobre mis ojos y al ras del vidrio para tratar de captar al animal marino en su nocturno lecho y, cuando finalmente logré dar con él, me convencí de que todo era inútil. Ridículo en realidad. Y sin importancia además.

No fue sino hasta horas después que me decidí a transcribir la conversación de mis tres huéspedes. La actividad me tomó cuatro días enteros y algunas otras noches dispersas. Cuando hube terminado, la leí justo como había leído antes mis notas. Con suma atención, con cuidado, entre líneas.

—Se trata de algo así —me dije entre dientes—. O de algo parecido.

¿Y qué se hace en esos casos sino echarse a reír?

—Usted nunca entiende nada ¿no es cierto? —me espetó en la cara Amparo Dávila, la Verdadera, apenas si me abrió la puerta de su departamento.

Me había llamado la mañana anterior al cuarto que, contra toda evidencia, insistía en denominar como mi consultorio dentro del hospital. Mi sorpresa fue tanta al escuchar su voz que no atiné a preguntarle cómo había conseguido mi número y, de cualquier manera, la mujer empezó a hablar en el acto.

—Necesito verla tan pronto como sea posible —me informó con voz compungida—. Venga por favor a mi departamento mañana, a las 6:30 de la tarde.

Guardé silencio por toda respuesta.

—Es importante —insistió cuando se dio cuenta de que esta vez me resistía a obedecerla—. Es tan importante para mí como para usted.

Recordé los ojos azules de la alberca y, aunque quise, no pude abrir la boca.

Retrocedí. No hacía otra cosa en realidad. Y algo pasaba en el mundo entonces.

—La incredulidad va a acabar contigo —dijo exasperada, pasando sin trámite alguno al uso del tuteo familiar. Luego colgó la bocina. Tenía un poco más de veinticuatro horas para tomar una decisión.

A diferencia de la vez anterior, ahora las cosas en casa ya no me resultaban tan insoportables. Desde la conversación con el Seductor, mis dos huéspedes se habían hecho maleables hasta el punto de volverse casi invisibles. Ya no se comportaban como las Invasoras en perpetua lucha por ganar cierta legitimidad en una situación a todas luces ilegal e injusta, sino como invitadas que tratan de molestar lo menos posible al anfitrión. Su cambio de conducta me complació. Por si esto fuera poco, ya había visto a la Verdadera. Quiero decir que el halo de misterio y belleza que mi imaginación había construido alrededor de sus fotografías viejas ya no existía en absoluto. Sin estos dos motivos, era realmente difícil persuadirme de ir a un lugar del cual había salido corriendo despavorido, literalmente empujado por el terror. De cualquier manera, seguramente por hábito, entretuve la idea por un par de horas, como si en realidad no estuviera ya todo decidido.

A la mañana siguiente, mientras tomaba el desayuno al que ya me tenía acostumbrado la Falsa, supe con una certeza inusual que no iría. No tenía ni tiempo ni ganas ni energías para desperdiciar con una viejita acaso ingeniosa, pero definitivamente desquiciada. Mi vida entre muertos era aburrida, ciertamente, pero al menos tenía el mérito de ser cotidiana. No necesitaba, a esta edad, sorpresas venidas de mundos raros. Me dije cosas como ésas innumerables veces sin dejar de masticar. Pero entonces, de la nada que seguramente une a todos esos raros mundos, se apareció la Falsa en la mesa del comedor con hondas ojeras alrededor de los ojos y sus cuadernos de tapas duras bajo el brazo derecho.

—No te ves muy bien —le dije nada más para molestarla.

—No —afirmó ella sin afán alguno de lucha o de ironía. Su actitud, claro está, me incomodó. Me distrajo.

—¿Cómo va la historia de la desaparición de tu amiga? —le pregunté después por preguntarle cualquier cosa. Tal vez únicamente porque me encontraba de buen humor y ella se veía, en realidad, muy mal.

Amparo Dávila, la Falsa, la Emisaria, la huésped que a bien había tenido aterrorizarme con sus rutinas y sus idiomas secretos cayó de golpe sobre la silla de junto. Muñeca de trapo.

—Ya no puedo más —me confesó en la voz más baja que le había escuchado hasta la fecha—. A veces me pregunto si todo esto vale la pena.

Guardó silencio y yo no me atreví a romperlo.

—Recordar, quiero decir —continuó—. Retroceder. La mención del último verbo me causó un escalofrío en la base de la columna vertebral que, luego, avanzó a una velocidad tremenda hasta la punta última de la nuca.

Retroceder. Algo ineludiblemente pasa en el mundo cuando uno retrocede.

—Sin Amparo —tartamudeó entonces—. Sin las palabras de Amparo —estaba tratando de continuar con su oración, pero parecía absolutamente incapacitada para hacerlo—. Sin las palabras de Amparo ya nada es lo mismo —dijo al final. Luego se inclinó sobre la mesa y se echó a llorar.

Hay pocas cosas que me resulten más insoportables que el llanto de una mujer. Tal vez esto se deba a que, de manera instintiva y por demás genérica, verdaderamente me molesta cualquier asomo de expresión emocional, especialmente cuando denota debilidad. Tal vez esté relacionado al hecho de que, aun a pesar de toda evidencia, tiendo a considerarme la causa de las lágrimas derramadas, lo cual me remite a la culpa de manera casi inmediata. Tal vez fueran muchas otras cosas. El caso es que, tal como lo esperaba, no soporté observar sin más el llanto de la Falsa. Me vi forzado a acercarme a ella, a tenderle mis manos, a darle refugio dentro de un abrazo.

—Tú no sabes qué es esto —musitó Amparo entre sollozos cada vez más espaciados pero igualmente temblorosos.

—No, no lo sé —le dije, sintiendo que, al menos en esa ocasión, estaba pronunciando la más absoluta de todas las verdades del mundo. Efectivamente, no sabía qué estaba pasando y no tenía la menor idea de qué era "esto".

—Sin sus palabras, todo lo que hacemos, todo lo que somos, no puede conocerse o compartirse. De otra manera no podremos tocar el mundo, estar en él, ¿no lo ves? ¡La gente podría pensar que nos hemos vuelto locos sin ellas! —suspiró e hizo una pausa. —Uno se cansa a veces, ¿sabes?

Porque la Falsa parecía esperar una respuesta moví la cabeza de arriba hacia abajo dándole a entender que estaba de acuerdo con ella.

—Uno se queda así, desamparada, y necesita algo, un refugio, cierta protección, algo parecido —murmuró—. Lo que sea —dijo al final, ya completamente perdida dentro de su propia cabeza.

—Tal vez ella te pueda ayudar más que yo —musité a su oído mientras dirigía la mirada al piso de arriba. No quería decir entero el nombre de la Traicionada porque la avergonzaría a ella y me avergonzaría a mí mismo. La Falsa, en ese momento, volvió a echarse a llorar.

—¿Pero es que no te has dado cuenta? —me preguntó mientras elevaba el rostro y me veía con una combinación de alarma y de burla contenida—. Se pasa ya casi todo el tiempo en el hospital —se interrumpió un poco, dudó otro tanto en continuar, tomó fuerzas y luego siguió adelante—, con el Director General.

Me reí no sólo porque era obvio que había malentendido todo lo acontecido en la sala de mi casa algunos días antes, sino también, y fundamentalmente, porque el tema de la traición parecía perseguir a mi examante a diestra y siniestra.

A veces del lado de las víctimas, otras del lado de los victimarios, la mujer que alguna vez había amado todos los jueves de mi vida parecía estar destinada a combatir a la lealtad de todas las maneras posibles. Me quedaba muy claro que ella estaba ganando la partida.

—Debes recordar que todavía está convaleciente, Amparo —le dije una vez que comprendí que el dolor de la mujer era real. Me lo decían sus pupilas agrietadas, sus manos secas, la posición de su cuerpo, indiferente y roto al mismo tiempo, sobre el mío. Cuando ella estiró los labios en algo que tenía la aspiración de risa pero que se quedó en mueca, me di cuenta del tamaño de la estupidez que acababa de decir.

—No te quieras burlar de mí —musitó la Falsa.

—Estas cosas pasan —le contesté después de buscar en mi cerebro, de manera por demás infructuosa, algo reconfortante o, al menos, esperanzador. Por primera vez quería sonar como alguien sensato, práctico. Supuse que la Traicionada debería estar a esas horas en la oficina del Seductor, degustando el whisky que debió haber estado en mi boca, oyendo la música que debió haber entrado por mis oídos. Retroceder cuesta tanto, a veces. Y entonces apreté el abrazo con el que detenía a la Falsa dentro de mí.

—Deberías hablar con Amparo Dávila —le sugerí con naturalidad, de esa manera entre preocupada y benevolente en que a veces un padre le habla a su hija predilecta. Lo hice, en fin, porque me pareció lo más adecuado.

—¿Amparo Dávila? —me preguntó alarmada mi huésped—. ¡Pero si Amparo Dávila soy yo!

—Me refiero a la otra, a la vieja —tartamudeé, alejándome lo más pronto posible de sus airados manotazos, de sus ojos abiertos con horror. Observé cómo se incorporó de la silla, la manera tenaz y enloquecida en que empezó a caminar de uno a otro extremos de la sala, cubriéndose la boca con la mano como si con eso evitara soltar el grito que con toda seguridad traía pegado a la garganta.

—No es posible —dijo cuando finalmente se detuvo en seco—. Lo está haciendo otra vez, la muy hija de la chingada —me veía como si se tratara de un fantasma o de un espejo, sin en realidad darse cuenta de que yo la estaba oyendo—. A ella no le importa que nada en nuestras vidas, nada en nuestro cuerpo, tenga sentido sin sus palabras. Tocar, ¿sabes qué significa? Auténticamente tocar. Estar tan cerca.

Enseguida juntó sus manos, como en oración.

—Lo bien que debe de estarla pasando a nuestra costa. Esa perra malvada —insistía, y hablaba más rápido a medida que su desesperación aumentaba—. ¿Cómo podrías explicarlo de otra forma? —dijo, señalando su cuerpo, más concretamente algún punto infinito entre su pecho y su abdomen—. ¿Cómo podrías tocar esto? Ella se dio por vencida y nos entregó. Eso es lo que sucedió. Nos ha traicionado.

La derrota se escondía en sus manos y transpiraba en su piel. Ahí estaba, la más pequeña de las criaturas, al fin aplastada, o encadenada. El tiempo se suspendió. Me volví dolorosamente consciente de mis patrones de respiración, temiendo por un momento que olvidara cómo respirar por completo.

—¿La conoces ya? —preguntó—. ¿Se comunicó contigo?

—Tú sabes muy bien que tú no eres Amparo Dávila —le dije en vez de contestar a sus preguntas. Su estado mental me empezaba a preocupar seriamente.

—Pero ella tampoco lo es —murmuró volviendo la cabeza de izquierda a derecha como si temiera que alguien la estuviera espiando—. Ella es una Impostora —susurró en voz bajísima—. Lo único que le interesa es destruirnos —concluyó con la mirada puesta dentro de mis ojos.

En ese momento supe que, contrario a toda mi certeza matutina, iría a visitar a Amparo Dávila, la Verdadera. Tenía que detener todo esto. Tenía que encontrar la forma de hacerlas callar a ambas.

Con la decisión ya tomada, convencí a la Falsa de que durmiera un rato.

—Dormir te hará bien —afirmé.

—¿Y si tengo pesadillas? —me preguntó como una niña.

—Aun eso no será tan terrible como esto —murmuré, absolutamente convencido. De repente, bajo la visitación lingüística de un rayo, me di cuenta de que, tal vez a pesar de mí mismo, empezaba a saber que sí sabía, aunque fuera tan sólo un poco, lo que era "esto". Todavía desconcertado por mi hallazgo, la acompañé a su recámara y la cubrí con las mantas hasta la barbilla. Corrí las cortinas después, y apagué la luz. Cuando cerré la puerta me di cuenta de que estaba rezando.

El camino a la Ciudad del Sur nunca me había parecido tan largo. Manejé a la misma velocidad, poniéndole atención a las cosas de siempre, y aun así tenía la sensación de que, entre más avanzaba hacia el centro urbano, más se retiraba. Tal vez por eso, por esa extraña sensación de que estaba a punto de perderlo todo, actuaba con mucha prisa y, por lo mismo, sin la precaución adecuada. Cuando llegué a la garita que me separaba de la ciudad, extraje mis documentos de la guantera y se los mostré al oficial en turno sin intentar siquiera aparentar que yo era uno de esos individuos normales y productivos que tan fácilmente dejaban entrar a su mundo. Miré por encima del hombro del oficial y vi a un grupo de hombres detenidos con esposas, en posición vertical, absolutamente desnudos. Tal vez eran migrantes camino a un centro de detención o un nuevo envío para nuestro hospital. Luego, arranqué el *Jeep* con un ruido aparatoso y me dirigí sin más a la zona Azul-Azul donde se encontraba el apartamento de la mujer que, a esas alturas, ya no sabía si seguir llamando la Verdadera.

Esta vez, a diferencia de la primera, no dudé en llegar. Evité dirigir la mirada a las personas que se encontraban sobre las tumbonas de plástico alrededor de la alberca por miedo de volver a ver a la mujer sin ojos, pero aun así me pude percatar de que el complejo de edificios era más sombrío de lo que recordaba. Había entre las plantas y el cielo una especie de matrimonio ficticio que en mucho sugería el estatismo de una fotografía muy pobre, muy mal tomada. Las cosas tenían esa pátina de irrealidad, de brilloso celuloide, de sonrisa a fuerzas. Por fortuna o por desgracia, la urgencia de enfrentar a la anciana y el terror de repetir experiencias anteriores me hicieron caminar con suma prisa y, otra vez, sin la debida precaución.

—¿Quién es? —preguntó la mujer desde el otro lado de la puerta poco después de tocar con mis nudillos.

—Tal vez es usted quien debería responder a esa pregunta —le dije sin medir las consecuencias de mis palabras. Exasperado. A disgusto conmigo mismo. Entonces pensé en su nombre, en lo inadecuado que era un nombre como ése sobre los hombros de todas las mujeres que osaban portarlo. Amparo. Como si lo fueran; como si pudieran darlo.

—Usted nunca entiende nada, ¿no es cierto? —gritó mi anfitriona cuando por fin abrió la puerta de su departamento.

Amparo. Un nombre. Como todos, entre más lo pronunciaba, menos sentido tenía.

De no haber entrado, de no haber cruzado el umbral de su puerta, estoy seguro de que habría podido digerir esta historia como lo había hecho en el pasado con tantas otras. Después de todo, es un hecho que uno deja pasar casi todas las cosas sin mucha conciencia o apreciación. Aun con sus rarezas, aun con todos los inconvenientes creados por mis peculiares huéspedes, aun con su lenguaje hermético y privado, en ese momento pude, estoy totalmente convencido de eso, haberme desecho de todo sin mayor problema. Si me hubiera decidido a hacerlo, si hubiera tenido la lucidez o la cobardía necesarias, habría regresado sin demasiados sobresaltos a mis moribundos de siempre, a mi rutina de odio y de muerte, a ese sincero olvido de mí mismo. Habría retrocedido sin lugar a dudas hacia mi propio océano. Mi instinto me lo aconsejaba sin cortapisas pero, en esas épocas, yo funcionaba primordialmente en contra de mí mismo. La contradicción me animaba. La paradoja me daba valor. Por eso, supongo, di los pasos que me llevaron a cruzar su umbral. Y fui directamente hacia ella. La mirada de la Verdadera.

—¿Sabía usted que las manzanas son un enigma? —me preguntó mientras me señalaba un lugar específico en el sillón de la sala cuyo tapiz rojizo, borcado de Damasco con toda certeza, no había notado en mi visita anterior.

—Claro —le contesté con suma convicción.

Luego me mordí los labios y ya no me dio tiempo de arrepentirme. Uno se acostumbra a esto: a echarse a reír frente a los lenguajes que no entiende. Algunas veces ésa es la única alternativa. La última. Ella guardó silencio, presa de uno de esos característicos trances femeninos. Se quedó inmóvil, observando las gotas de agua que resbalaban por la ventana. Volví a recordar, como durante mi primera visita, escenas de películas pasadas de moda. Imágenes en blanco y negro.

—¿Se ha dado cuenta de que este invierno es interminable? —no esperaba respuesta y, por eso, no quise desperdiciar mi energía en decirle que sí, que efectivamente había notado, con un poco de desesperación a decir verdad, que este invierno parecía decidido a quedarse a vivir en la costa y sus dos ciudades para siempre.

Llovía ahora, como ya era costumbre, todos los días. Llovía con ese ruido cansino y aterrador de las cosas regulares. Llovía afuera y yo me quedaba engarruñado, en posición fetal dentro de mí mismo.

—¿Y qué la trae por acá? —me preguntó después, con una ligereza que no esperaba cuando su periodo de intensa observación llegó a su fin.

—Pero doña Amparo —le dije, sintiendo una repentina conmiseración por ella—, usted fue la que me habló ayer, ¿se acuerda?

La anciana aventó un manotazo al aire fingiendo que recordaba pero, por la manera apresurada en que se fue a la cocina con el pretexto de traer las limonadas, no me quedó duda alguna de que lo había olvidado. En esos momentos estaba seguro de que ni siquiera sabía que la había visitado con anterioridad y no hacía mucho. Decidí que se trataba de un caso de Alzheimer, tal vez en sus etapas tempranas. Y me asusté al tomar conciencia de que nadie estaba a cargo de la vieja. Seguramente no tendría hijos ni nietos. Seguramente no habría recibido noticias de familiares desde mucho tiempo atrás. Su fin sería difícil; y triste. Estuve seguro de que moriría sola. Todo esto derrumbó mis barreras contra ella, mis sospechas, mis desconfianzas. Había llegado con el objetivo de desenmascararla y, apenas unos minutos dentro de su apartamento, ya me había puesto de su lado. Esta anciana olvidadiza y a todas luces insignificante no podía representar peligro alguno. Una mujer de esta edad y en esas condiciones no podía ser la enemiga voraz y maquiavélica de la que me había hablado la otra mujer que había tomado mi casa. ¿Querría acabar con su vida, con su legado, para que las Emisarias no pudieran llevar su escritura al futuro? ¿Era su manera de destruir ese futuro? La Verdadera no podía ser más que la Verdadera y no la Impostora que tanto aterraba a mi huésped. En todo caso, los deseos de proteger a la vieja se volvieron tan grandes en ese momento como antes lo habían sido mis sospechas de su persona.

—La manda la Pequeña, ¿no es cierto? —dijo. Y con eso bastó para que todos mis deseos de protección y mis recelos sobre ella regresaran a sus dimensiones originales. Me puse en guardia de inmediato.

—La Pequeña no es tan pequeña, ¿sabe usted? —no pude evitar la ironía. Hay tantas cosas que uno puede evitar después de todo.

—Pero qué va a saber usted, querida, si usted nunca entiende nada. La pequeña es pequeñísima, ¿tampoco se había dado cuenta de eso? —me retaba con la mirada vidriosa y los labios sobre el vaso de la limonada agria—. ¿La ha abrazado?

—Sí, esta mañana.

—Entonces debió haberlo notado —su sentencia parecía definitiva, casi tanto como su repentino mal humor. Sospeché que la anciana estaba celosa pero, por absurdo, descarté ese pensamiento tan pronto como pude.

—Ella dice que usted no es Amparo Dávila —murmuré con los ojos y las yemas de los dedos sobre el brocado de Damasco. Sentía que estaba haciendo algo reprensible. La carcajada de la vieja, sin embargo, me ayudó a salir de ese trance casi de manera inmediata y a regresar con nuevos bríos a mi tarea—. ¿Y bien?

—¿Qué importancia podría tener eso?

Su pregunta era, a todas luces, exacta y buena.

¡A mí qué me importaba que ella fuera o no fuera Amparo Dávila! ¿Qué diablos estaba yo haciendo en este apartamento apenas amueblado platicando con una vieja aquejada de una enfermedad crónica y mortal? ¿Tenía, de verdad, tanto miedo? ¿Me interesaba tanto así mi singular huésped? ¿Tenía tales cantidades de tiempo como para desperdiciarlo de esta manera?

—Uno nunca sabe a ciencia cierta por qué hace las cosas, ¿verdad? —enunciaba las palabras como si las hubiera ensayado por años enteros—. Uno realmente nunca sabe por qué un día, cualquier día, de hecho, comienza esta búsqueda de sentido, o por qué deja de hacerlo, ¿no es así?

Asentí en perfecto silencio.

—Lo mismo le digo yo: no sé si soy o no Amparo Dávila —abundó—. Pero su nombre me recuerda algo que me viene de más allá de la memoria.

Cerré los ojos para escucharla mejor.

—Viene de antes. Un mundo mineral, sin lugar a dudas. Un mundo vegetal. Viene del océano, ¿sabe? De un día de mucho sol. De una frase —bajó el volumen de su voz entonces—. Se va a matar —susurró.

Vi el crepúsculo del otro lado de mis pupilas, en alguna cámara recóndita del cerebro. Y oí la frase. Y su eco. *Se va a matar.* Y una extraña dulzura invadió mi cuerpo.

—¿*Qué haces aquí?* —*le pregunté.*

Ella avanzó un paso, o nada, pero yo sentí que se encaminaba hacia mí, mientras sus manos apartaban las gasas que la velaban.

—*Estoy muerta* —*dijo*—, ¿*no te has dado cuenta de que estoy muerta, de que hace mucho tiempo que estoy muerta?*

Escuché la conversación como desde detrás de una puerta a medio abrir. La voz tenía una cierta levedad aromática, como de manzana que se marchita poco a poco dentro del cajón de un escritorio abandonado. Era de mujer, no me cupo la menor duda. Era la voz suave de una mujer de mediana edad lista ya para aceptar lo inaceptable. La voz lo destrozaba todo a su paso. Tuve la sensación de que no debí haberla oído; de que las palabras estaban dirigidas a alguien que no era yo. De alguna manera, al caer dentro de mis oídos, al guardarla luego dentro de cada órgano de mi cuerpo, me transformaba en un ladrón a sueldo, un obstáculo.

—¿Entonces usted está muerta? —le pregunté con suma inocencia. Ella sonrió a medias.

—Yo no, querida, se trata de ella —dijo—. Yo soy lo único que quedó.

Estaba, me percaté en ese instante, frente a la Desaparición Misma. El vértigo que me dominó fue real. Y reales mis miedos, mis ansias de regresarme al bosque donde todos no éramos sino árboles inmaculados. Quise tener raíces. Quise retroceder. La Verdadera o, mejor dicho, lo Único que Quedó, me miró con paciencia infinita. Era una mujer hermosa aun así, aun en ese estado. Presenció todas mis transformaciones con la calma de quien ya se ha acostumbrado a resignarse ante todas las cosas del mundo. No pude evitar sentir que miraba dentro de mí a otra persona, a una persona querida.

—¿Y usted sabe de las grandes alas del amor? —le pregunté todavía con los ojos cerrados.

Amparo Dávila guardó silencio una vez más. Suspiró un par de veces. Parecía resistirse a contestar.

Primero fue un inmenso dolor. Un irse desgajando en el silencio. Desarticulándose en el viento oscuro. Sacar de pronto las raíces y quedarse sin apoyo, sordamente cayendo. Despeñándose de una cima muy alta. Un recuerdo, una visión, un rostro, el rostro del silencio y del agua…

—¿Has tocado las palabras? —me preguntó a su vez. Afuera, la tormenta caía sobre la realidad. Glu. Glu. Glu. Gotas de agua sobre agua. Glu.

—No —dije, con toda sinceridad.

Las palabras finalmente como algo que se toca y se palpa, las palabras como materia ineludible.

—Debe ser por eso —pronunció, enigmática.

Recuerdo lo demás como un mal sueño: Creo que al inicio estuvo el recuerdo punzante, acaso culpable, de su manuscrito. Me lo había llevado conmigo en la visita anterior y, tal como lo había decidido, no se lo mostré a la Falsa. Lo guardé, lo escondí quiero decir, en la contrapuerta de mi vehículo. Recordaba haberlo leído, es cierto, pero no tenía memoria alguna de su contenido. Fue eso, la ausencia de trazos, de señas, lo que me llevó a pensar en las páginas de manera casi obsesiva. ¿De qué exactamente me había perdido? Aproveché el cansancio de la anciana, su desorientación senil, para salir de su departamento subrepticiamente. Corrí hasta donde estaba seguro que había dejado mi auto y, tal como lo temía, tal como lo esperaba, el *Jeep* había desaparecido. Primero pensé en lo más obvio: los índices delictivos en la Ciudad del Sur eran espantosos y, por eso, deduje que me había convertido en otra víctima más. Luego, sin embargo, supuse que había caído en una trampa sin saber, que es como uno usualmente cae en estas cosas. Hice conjeturas y, entre más imposibles, más prácticas me parecían. Pensé, por ejemplo, que la Falsa me había guiado hasta este lugar con la única intención de recuperar lo que, a su manera de ver, le pertenecía. También consideré la posibilidad de que el Director General, tratando de congraciarse con la mujer del hueso protuberante en la cadera, me había seguido hasta la Ciudad del Sur y, con la ayuda de algunos hampones a sueldo, había robado mi auto y todo lo que éste llevaba dentro. Llovía. Yo pensaba y el cielo llovía sin cesar. Parecía que mi pensamiento y la humedad competían con igual pasión y recelo. Caminé de arriba abajo, de un lado a otro, tratando de localizar mi *Jeep*, pero nada dio resultado. Al final, con las ropas remojadas y una expresión seguramente de extravío en el rostro, decidí regresar caminando hasta la costa. Ésta era, claro está, la más descabellada de las ideas que se me habían ocurrido hasta ese momento. Pero uno, tal como Amparo Dávila me lo había dicho, uno raramente sabe por qué hace las cosas que termina haciendo.

Caminé por horas, tal vez días enteros. No tengo la menor idea. Las imágenes de esa andanza se difuminan en mi mente. ¿Vi en realidad partes de cuerpos que la corriente había llevado hasta la orilla? ¿Los gritos que escuché venían de los pulmones de aquellos que perseguían los guardias armados o de quienes huían desesperadamente de la niebla maligna, o era sólo el viento? ¿Vi a esos grupos espectrales de migrantes encadenados de los tobillos camino a ninguna parte? ¿Vi las luces rojas, resplandecientes, de ambulancias y patrullas? Cuando divisé a lo lejos la ostentosa fortificación del hospital respiré aliviado. Una parvada de pelícanos se desplazó encima de mi cabeza, hacia un lugar del cielo que presentía sólo como imaginario. Ahí estaba mi salvación. Ése era el pabellón de mi descanso. Entonces perdí el sentido o perdí, mejor dicho, esta cosa parecida al sentido que hasta entonces me quedaba. No sé si soñé. No sé si me encontré a gusto dentro de mis pesadillas. Cuando desperté, vi la luz mercurial que entraba por la ventana rectangular del pabellón selecto y me sentí amparado. Tenía sed. Pedí agua.

—Na pa glu? —dijo la entrañable voz de la Traicionada. Me volví a verla con curiosidad, pero la visión del vaso de agua me distrajo. Era perfecto, claro, circular. No recordaba haber visto algo tan peculiar en toda mi vida: una mujer con un vaso de agua en la mano. Bebí su contenido apresuradamente, con temor a desear más.

—Glu hisertu frametu jutyilo, glu-glu —mencioné entonces. Luego cerré los ojos y me dispuse a seguir bebiendo.

No se pueden hacer muchas cosas sobre la cama de un hospital. Es posible:

1. Ver el techo en todo detalle, con extrema minuciosidad.

2. Rodar del lado derecho al lado izquierdo del colchón muy lentamente, sintiendo cada uno de los resortes internos, cada una de las arrugas de las sábanas.

3. Identificar y padecer la comezón que ataca los lugares más imposibles del cuerpo, por ejemplo, esa zona ciega de la espalda a donde ninguna mano propia puede llegar.

4. Imaginar lo que se hará o dejará de hacer una vez que la enfermedad desaparezca y uno regrese a casa. Uno se dice, por ejemplo, si me alivio y puedo regresar a casa, echaré de inmediato a mi huésped. Lo haré sin miramiento alguno, sin pena. Sin gloria incluso. Le diré, simplemente, con la voz firme y el volumen estable: te agradecería que te fueras lo más pronto posible de mi casa.

5. Arrepentirse de inmediato de lo que uno imagina que hará o dejará de hacer una vez que la enfermedad desaparezca y uno pueda regresar a casa.

6. Contar el número de inhalaciones y el número de exhalaciones necesarias para mantenerse vivo.

7. Preguntarse insistentemente, a sabiendas de uno mismo, cuáles serían, de haberlas, las palabras adecuadas para describir la luz que ilumina y esconde e invade el pabellón.

8. Darse cuenta de que los dos enfermeros a cargo del cuidado de uno se llaman Moisés y Gaspar.

9. Entablar conversaciones con seres imposibles. Uno escucha, por ejemplo, la voz masculina que se desliza por entre el aire enrarecido del pabellón:

—¿Así que ya sabes lo que se siente? —y uno se vuelve lentamente para descubrir el rostro que vigila el sueño propio desde una distancia casi humana.

—A mí no me va a pasar lo que a ti —contesta uno sabiendo que sí sabe exactamente lo que se siente—. Yo no voy a saltar por la ventana —insiste uno, pronunciando las palabras con un énfasis artificial.

—Eso dicen todos —escucha uno y cae en ese pesar de estar sabiendo lo que se sabe sin remedio alguno.

10. Quedarse dormido.

11. Fingir que se duerme.

12. Acordarse de que el placer de leer letras guardadas en documentos viejísimos sólo es comparable al terror de leer letras guardadas en documentos viejísimos.

13. Comer menjurges atroces.

14. Sonreírle a la ventana.

15. Verse avanzar por el túnel que lleva a la puerta detrás de la cual se encuentran los documentos donde se guardan

las letras que provocan placer (por identificarlas) y terror (por nunca saber lo que quieren decir).

16. Acercarse a la ventana en actitud romántica: a pasos lentos, meditabundos, más lentos aún.

17. Tocar la superficie de la ventana.

18. Repetirse el adjetivo "trémulos" al observar los dedos propios sobre la superficie de la ventana hasta que la palabra "trémulos" no califica nada.

19. Tratar de recordar los rasgos de un rostro que se presiente inolvidable y que, sin embargo, no se puede figurar.

20. Darse cuenta, de súbito, de que no se está ya sobre la cama del hospital sino frente a la transparencia de la ventana que, ficticiamente, lo liga a uno con el exterior.

21. Ver el vuelo cadencioso de una parvada de pelícanos al final del atardecer.

22. Escuchar voces que no existen, voces que todo lo destrozan alrededor:
    —*Se va a matar* —*le dije.*
    —*Se va a matar* —*le dije de nuevo, porque el hombre permanecía sin dar un paso atrás, como si estuviera resuelto a lanzarse.*

23. Preguntarse insistentemente, pero como a escondidas de uno mismo, sobre la inevitabilidad del destino. Sobre la destrucción de la inevitabilidad del destino.

24. No encontrar respuesta para ninguna pregunta que se haya formulado con anterioridad, ya sea dentro o fuera del hospital.

25. Pronunciar un vocablo que se niega a descubrirse frente a uno mismo.

26. Volverlo a hacer. Infructuosamente.

27. Darle la espalda a la ventana después de haber permanecido mucho tiempo frente a ella.

28. Esperar. Que es todo un arte. Que es una verdadera imposibilidad.

29. Recibir, un buen día, el documento que certifica el buen estado de salud propio.

Una vez que fui dado de alta, el Director General tuvo a bien ordenar que Moisés y Gaspar continuaran con sus responsabilidades en mi domicilio particular. ¿De qué manera podría hacerle saber que lo único que quería era estar solo y ver el océano? Lo hice así, de esa forma llana y sencilla. Tautológica. Escribí un recado con las siguientes palabras:

Sólo quiero estar solo y ver el océano.

Pero mi recado, aparentemente llano y sencillo, transparente, abierto, sin envés ni revés, se prestó al malentendido y la maledicencia. No sé si fue el mismo Director General o alguno de sus asistentes quien pronto respondió:

Si insiste en un plan tan descabellado tendremos que internarlo una vez más.

Y, seguramente por la debilidad que provoca la convalecencia, ya no tuve fuerzas ni ganas suficientes para seguir luchando.

Salí finalmente del hospital un mediodía nublado pero de temperatura agradable. A sabiendas de que su presencia era inoportuna y poco grata, Moisés y Gaspar guardaron silencio en el trayecto a casa y, después de estacionar la camioneta que nos asignara el Director General, tuvieron la precaución de caminar siempre uno o dos pasos detrás de mí. Desde entonces, y muy a mi pesar, los dos se convirtieron en mis sombras personales. Así, con sus miradas suspicaces sobre mis hombros, introduje la llave dentro del cerrojo de la puerta fingiendo tranquilidad. El movimiento que alguna vez fuera automático me resultó inusualmente incómodo. Mientras viraba la llave hacia la derecha sin conseguir abrir la puerta no pude evitar preguntarme por el número de días que había estado en el pabellón selecto. Nadie, ni siquiera mis enfermeros privados, me había informado nada al respecto. Luego me pregunté lo inevitable: ¿estaría todavía aquí?, ¿la vería una vez más? La mera posibilidad me llenó de un terror que, por familiar, ya no me desconcertaba. Dándole una vuelta más a la llave llegué a añorar su rostro. Lo había intentado recordar tantas veces mientras yacía sobre la cama del hospital pero en todas y cada una de ellas había fracasado. Podía pronunciar sin dificultad alguna los sustantivos y adjetivos que había utilizado para describirlo: la ceja arqueada, los ojos inmensos, los pómulos altos. Ninguno de esos vocablos, sin embargo, me remitía a una imagen específica de mi Amparo Dávila.

Mi.

Supongo que, a quien entiende, no tengo por qué explicarle las itálicas. A los que no entienden solamente les aconsejo que hagan como si no existieran. Guiñen el ojo izquierdo, vuelvan la mirada al cielo, bailen un vals, tómense una cerveza. Cualquier cosa sirve para negar la realidad. Yo lo he hecho en innumerables ocasiones y siempre ha dado resultado. En ese mediodía, por ejemplo, no existió el *mi,* no había ninguna Amparo Dávila sobre el mundo; simplemente estaba abriendo la puerta de mi casa después de un ausencia aparentemente larga.

Tan pronto como observé el interior de la casa tuve que aceptar que la ausencia había sido, sin lugar a dudas, más larga de lo que sospechaba. Había, en ese espacio que alguna vez me resultara transparente por lo conocido, una leve descompostura, un cambio ligero pero notable en la manera en que se unía a mí. La manera en que me rehuía. Los muebles estaban en el mismo lugar, y en el mismo lugar se abría el agujero de la chimenea que tantas veces me había ayudado a combatir el frío de la costa, y también en el mismo lugar se encontraban las ventanas que, sin cortinas, dejaban entrar toda la potencia del océano. La decoración era la misma. No había variación alguna en el número o tamaño de las lámparas, los cuadros, los libreros. No había, quiero decir, nada físico que explicara la transformación que estaba presenciado. El cambio no estaba ahí, fuera de mí, sino en la relación que establecía con el ahí. No reconocí mi casa, quiero decir. Si estuviera hablando acerca del esqueleto, mi sensación podría ser descrita con el verbo desembonar. Me sentí fuera de lugar dentro de ella. La presencia sigilosa pero amenazante de Moisés y Gaspar no ayudaba en nada. Al contrario, las respiraciones agitadas que se posaban justo sobre la parte posterior de mis hombros no me provocaban otra cosa que no fuera ansiedad. Llegué a creer, por unos segundos, que me encontraba en peligro.

—¡Por fin llegas! —exclamó entonces Amparo Dávila, la Mujer Falsa. Y corrió hacia mí para hacerme cerrar los ojos dentro de un abrazo cálido, acaso un poco arrebatado, con el que también me detuvo en el vestíbulo.

No me dejé engañar: dentro de la alegría tosca, un tanto unívoca, con la que me recibió, se escondía también un reproche soterrado, algo de resentimiento. Era obvio que me había estado esperando con urgencia, como lo hacen las personas que no saben esperar en realidad: tenía las uñas mordisqueadas y los cabellos grasosos. Estaba, además, aún más flaca de lo que la recordaba aquella noche de tormenta.

—¿Pero qué haces aquí? —le pregunté cuando por fin pude zafarme de entre sus brazos.

—Ya no hay nadie más —me dijo, contestando una pregunta que yo no había formulado—. Sólo quedamos tú y yo.

Bajo el efecto expansivo de su mirada los dos nos hacíamos, efectivamente, cada vez más pequeños, y el espacio vacío a nuestro alrededor se ampliaba sin cesar. El vértigo no tardó en llegar. Cerré los ojos. Pensé de inmediato que se equivocaba. Que ni ella ni yo podíamos convertirnos en lo Único que Quedó. Que le había faltado contar la presencia eterna del océano. Seguramente por eso me decidí a abrir los ojos cuando en realidad no tenía el menor deseo de hacerlo. Me dirigí sin más, en línea recta, hacia el ventanal. Ahí estaba. Yo tenía razón. Quedábamos ella y yo, y un océano de por medio.

La tomé de la mano y la guié hacia la puerta trasera. Juntos, a paso lentísimo, bajamos las escaleras y avanzamos hacia la playa. Tuve la sensación de que éramos una pareja de ancianos encaminándose sin temor al aeropuerto de una ciudad desconocida. Aunque grises y bajas, las nubes dejaban trasminar algo de luz solar, la suficiente como para dejar un tinte de mercurio sobre el lomo de las olas. Sin decir nada, nos sentamos sobre la arena. Y dirigimos nuestra mirada hacia los arrecifes y, luego, la dejamos volar sobre las gaviotas y los pelícanos.

De alguna manera extraña toda esa serie de movimientos parecía natural: llegar a casa, tomar de la mano a una mujer cuyo rostro uno no puede recordar, sentarse con ella sobre la arena para ver el gris iridiscente de las aguas de un océano particular. Supongo que al estado silencioso en que ambos nos sumimos se le llama tristeza. Aunque, a decir verdad, pudo haber sido cualquier otra cosa.

—Te extrañé —murmuró sin volver el rostro, como si en realidad estuviera hablando con el cielo.

—Yo también —dije justo en el momento en que me volvía a verla.

Tenía, en efecto, un enorme ojo izquierdo, una ceja finamente arqueada sobre él, y un pómulo alto por debajo de él. Me sonreí en silencio porque éste era el momento en que las palabras se reencontraban con el rostro, haciéndolo memorable. Tuve la impresión de que tanto el rostro como el instante quedarían grabados en mi memoria y que, por lo tanto, como suele suceder con las pocas cosas que quedan grabadas en la memoria, me pasaría el resto de la vida tratando de alcanzar tanto el rostro como el instante a sabiendas de que no podría lograrlo, a sabiendas de que, entre más lo intentara, tanto el rostro como el instante terminarían por alejarse aún más. Sospeché, entonces, que ésta y no otra había sido la razón para abrirle la puerta de mi casa aquella noche de tormenta a inicios de un invierno que se resistía a concluir. Uno siempre necesita, después de todo, un lugar hacia el cual retroceder.

—Se va a matar —dijo entonces, observando algo en el cielo inmóvil.

Sólo esperé un momento antes de pedirle que repitiera su comentario como si no lo hubiera escuchado.

—Se va a matar —repitió.

Pensé que era un poco extraño que, después de tanto tiempo y, dentro de ese tiempo, después de todas las cosas acumuladas y todas las dejadas pasar, uno irremediablemente llegaba a la frase que debía escuchar. La Falsa Amparo no podía tener idea alguna de lo que acababa de suceder, pero me señalaba en ese instante el vuelo irregular de un pelícano. El ave surcaba el cielo como los otros, con la elegancia de sus enormes alas abiertas, pero la velocidad de su descenso no era normal. Hizo eso varias veces: se elevó con gracia, sólo para descender después sin garbo, rápidamente, de manera lineal. La Amparo Falsa me distrajo cuando se volvió a verme porque pude observar, entonces, la planicie abierta de su rostro a mis anchas. La imaginé, justo como el primer día, comiendo zarzamoras, subiendo la escalera, hablando sin ton ni son. Imaginé un día luminoso, una larga caminata por la Ciudad del Sur precedida por unas enormes ganas de estar vivo. Imaginé todas las palabras de la frase "y seguramente tendrás hijos que no serán míos" y la mano que arrojé hacia la ajena, tomándola al vuelo, sin titubeo alguno. Verídicamente. Imaginé el tiempo que se acopló sin problema a los ángulos del cuerpo en movimiento. Y pude haber seguido así, imaginando todas y cada una de las escenas de mi vida como hojas en un árbol petrificado, pero la inmovilidad del rostro de la Falsa me hizo temer lo peor. Lo que estaba sucediendo. Con el rabillo del ojo pude presenciar el momento en que el pelícano finalmente se estrelló sobre la superficie mercurial del océano de invierno.

—Pobrecito —exclamó sin ningún tipo de emoción unos momentos después. Luego, como si uno viera pelícanos suicidas todos los días, se incorporó. Se propinó algunas palmadas en los glúteos para deshacerse de la arena y, sin más, me extendió su mano.

Cinco dedos, falanges, uñas.
La ingravidez de carne en aire.
La invitación.
El momento de la atención más pura.
Un acto infinito de definición.

—Yo no voy contigo a ningún lado —sonreí sin saber de dónde exactamente me llegaba el buen humor, el cinismo. La confianza de decirlo.

Ella se alzó de hombros. *Pobrecito*. Me dio la espalda y emprendió la marcha bajo la llovizna que empezaba a caer de nuevo.

Mientras desparecía una vez más, la observé, retrocediendo al mismo tiempo, poco a poco, sobre la arena. Sabía, mientras me empeñaba en mirar sus hombros, su cabellera, que un camino se estaba cerrando ante mis ojos. La posibilidad de estar con ella, de ser ella. Volví a retroceder hasta que mis talones tocaron el agua. Y entonces la escuché:

Somos dos náufragos en la misma playa, con tanta prisa o ninguna como el que sabe que tiene la eternidad para mirarse... hemos robado manzanas y nos persiguen... sé que estamos huyendo de este momento o de las palabras directas, de una emoción... momentos tan honda y confusamente vividos dentro de nosotros mismos... no sé decir las cosas que siento. Tal vez algún día las escriba frente a otra ventana... los únicos sobrevivientes del invierno... conserva la moneda, tu rostro y el mío, para tardes lluviosas en que el tedio pesa enormemente... ni un alma transita por ninguna parte...

Supongo que Moisés y Gaspar recogieron mi cuerpo de la playa; lo depositaron, después, bajo las mantas de las cama. Supongo que ellos dos velan mi sueño desde aquella bruma amarillenta donde no se puede ver nada.

No pude recordar su rostro después. Recordé, en cambio, el nombre del hueso que había despertado mi deseo y mi miedo al mismo tiempo. El hueso ilión, uno de los tres que forman la cintura pelviana. Un hueso ancho y acampanado, cuyas alas se extienden a cada lado de la espina dorsal. Al punto anterosuperior de las alas del ilión se le llama la cresta ilíaca. Desde ahí, desde Ilión, desde su cresta, Ulises partió de regreso a Ítaca después de la Guerra.

Sonreí al recordar también que la pelvis es el área más eficaz para determinar el sexo de un individuo. Todas las Emisarias debieron haberlo sabido para poder dar con mi secreto.

La cresta de ilión de Garza Cristina Rivera
se terminó de imprimir en julio de 2022
en los talleres de
Litográfica Ingramex, S.A de C.V.,
Centeno 162-1, Granjas Esmeralda, Iztapalapa,
C.P. 09810, Ciudad de México, México.